中国小小说名家档案

ZHONGGUO XIAOXIAOSHUO MINGJIA DANGAN

高叫你的名字

刘建超◎著

吉林出版集团股份有限公司

总 策 划：尚振山
策划编辑：东　方
责任编辑：张晓华　韩　笑
封面设计：三棵树
版式设计：麒麟书香

图书在版编目（CIP）数据

　　高叫你的名字/刘建超著．—长春：吉林出版集团
股份有限公司，2010.4
　（中国小小说名家档案）

　　ISBN 978 – 7 – 5463 – 2881 – 2

　　Ⅰ．①高…　Ⅱ．①刘…　Ⅲ．①小小说 – 作品集 –
中国 – 当代　Ⅳ．①I247.8

　　中国版本图书馆 CIP 数据核字（2010）第 069683 号

书　　名：高叫你的名字
著　　者：刘建超
开　　本：710 mm×1092 mm　1/16
印　　张：15
版　　次：2010 年 5 月第 1 版
印　　次：2017 年 6 月第 2 次印刷
出　　版：吉林出版集团股份有限公司
发　　行：北京吉版图书有限责任公司
地　　址：北京市西城区椿树园 15–18 号底商 A222
　　　　　邮编：100052
电　　话：总编办：010–63109269
　　　　　发行部：010–63104979
印　　刷：北京一鑫印务有限责任公司
书　　号：ISBN 978 – 7 – 5463 – 2881 – 2
定　　价：30.00 元

一种文体和一个作家群体的崛起

——《中国小小说名家档案》序

最近几年，由于工作的关系，我开始接触并关注小小说文体和小小说作家作品。在我的印象中，小小说是一种非常古老的文体，它的源起可以追溯到《山海经》《世说新语》《搜神记》等古代典籍。可我又觉得，小小说更是一种年轻的文体，它从上世纪80年代发轫，历经90年代的探索、新世纪的发展，再到近几年的渐趋成熟，这个过程正好与我国改革开放的30年同步。我觉得这是一个非常有意义和非常有意思的文化现象，而且这种现象昭示着小说繁荣的又一个独特景观正在向我们走来。

首先，小小说是一种顺应历史潮流、符合读者需要、很有大众亲和力的文体。它篇幅短小，制式灵活，内容上贴近现实、贴近生活、贴近群众，有着非常鲜明的时代气息，所以为广大读者喜闻乐见。因此，历经20年已枝繁叶茂的小小说，也被国内外文学评论家当做"话题"和"现象"列为研究课题。

其次，小小说有着自己不可替代的艺术魅力。小小说最大的特点是"小"，因此有人称之为"螺丝壳里做道场"，也有人称之为"戴着镣铐的舞蹈",这些说法都集中体现了小小说的艺术特点,在于以滴水见太阳,以平常映照博大,以最小的篇幅容纳最大的思想,给阅读者认识社会、认识自然、认识他人、认识自我提供另一种可能。

还有非常重要的一点,小小说文体之所以能够迅速崛起,离不开文坛有识之士的推波助澜,离不开广大报刊的倡导规范,离不开编辑家的悉心栽培和评论家的批评关注,也离不开成千上万作家们的辛勤耕耘和至少两代读者的喜爱与支持。正因为有方方面面的共同努力形成"合力",小小说才得以在夹缝中求生存、在逆境中谋发展。

特别是 2005 年以来,小小说领域举办了很多有影响力的活动,出版了不少"两个效益"俱佳的图书,也推出了一批有代表性的作家和标志性的作品。今年 3 月初,中国作家协会出台了最新修订的《鲁迅文学奖评奖条例》,正式明确小小说文体将以文集的形式纳入第五届鲁迅文学奖短篇小说奖的评奖。而且更有一件值得我们为小小说兴旺发展前景期待的事:在迅速崛起的新媒体业态中,小小说已开始在"手机阅读"的洪潮中担当着极为重要的"源头活水",这一点的未来景况也许我们谁也无法想象出来。总之,小小说的前景充满了光耀。

在这样的历史背景下,《中国小小说名家档案》的出版就显得别有意义。这套书阵容强大,内容丰富,风格多样,由 100 个当代小小说作家一人一册的单行本组成,不愧为一个以"打造文体、推崇作家、推出精品"为宗旨的小小说系统工程。我相信它的出版对于激励小小说作家的创作,推动小小说创作的进步;对于促进小小说文体的推广和传播,引导小小说作家、作品走向市场;对于丰富广大文学读者特别是青少年读者的人文精神世界,提升文学素养,提高写作能力;对于进一步繁荣社会主义文化市场,弘扬社会主义先进文化有着不可估量的积极作用。

最后，希望通过广大作家、编辑家、评论家和出版家的不断努力，中国文坛能出更多的小小说名家、大家，出更多的小小说经典作品，出更多受市场欢迎的小小说作品集。让我们一起期待一种文体和一个作家群体的崛起！

中国作家协会党组成员、书记处书记
中国作家协会副主席
中国作家出版集团管委会主任

目　录

■ 作品荟萃

▌作品评论

██ **创作心得**

██ **创作年表**

将　军

"十五年以后，我会成为一名将军。"哥查着字典读完一本泛黄的《孙子兵法》后，右手握着书轻轻拍打着左手心，站立窗前一脸庄严，两眼望着无边天际对我说。哥那年十二岁。

哥高中毕业报名参军。全县八百名应届毕业生中挑选三名飞行员，哥是最后六名候选人之一。哥打开箱子搬出平时不许我翻动的几十本宝贝书："这些都留给你了，好好学习，哥当了将军回来接你。"可哥政审没有通过。哥哭了一天，背着母亲缝好的被子到八十里外县化工厂当了一名学徒工，每月23元工资。

哥的师傅为人尖刻。哥除了干活还要给师傅洗衣打饭，星期天还去乡下帮助师傅家干田里的活。哥的师傅烟瘾大，爱下棋，常哄着哥陪他下棋，谁输了谁就买一包"黄金叶"。哥的工资除去吃饭大都"孝敬"师傅吸烟了。学校放暑假，我背着一小口袋白蒸馍去看哥。哥屋里除了母亲缝的那床被子，啥都没有。一张苇席铺在地上，上面堆满了棋书。哥光着膀子坐在席上打棋谱能打一通宵。"目前局势是这样的，我赢师傅已在把握之中了。"哥说。晌午，哥和师傅下棋又连输三盘。哥的师傅伸着黑糊糊的手从小口袋里抓走了三个白蒸馍，我心痛得直掉泪。哥说："兵不厌诈，你还不懂。"哥转正那天，在职工食堂与师傅挑战："谁输一盘，一条'黄金叶'烟。"哥将三条烟放在桌上。围观的人开始起哄。哥的师傅从兜里掏出一沓菜票："破上下个月吃咸菜了！"哥就蹲在凳子上，一手托腮，一手调动兵马，直杀得师傅大冷天硬是出了一头汗，不少人给哥的师傅当"高参"也无济于事。哥干脆利索连胜三盘。哥收起菜票揣着烟从容潇洒走出食堂，师傅瞪着眼张着嘴半天没缓过劲儿。哥在厂里名声大响。

　　十五年后，哥没有当将军却当上了爸爸。哥给女儿起了个响亮的名字：上将。嫂子撅着嘴老大不愿意。上将升入小学后，嫂子的厂里出现困难，厂里不少职工托人找关系往哥的厂子里调。嫂子也怂恿哥去找领导谈谈。哥在屋里背着手不停踱着步子，说："从目前局势看，我厂的效益确实不错，但是个污染严重的行业，治理是早晚的事。而你厂的产品是国家建设的资源性产品，定当扶持。"如哥所料，不出一年，哥的厂被勒令停产，嫂子的厂又红火起来。嫂子对哥佩服得不得了，对哥伺候得更周到。上将升入中学后，城里兴起建房热，双职工借钱筹资在县城新规划的职工新区盖房子。哥不为所动。老街四邻新房建成，请哥去"燎锅底"，哥吃着人家的酒菜，看着人家的新屋，蹦出两个字"惜哉。"主人让哥说个明白。哥用手指蘸着酒在桌上画了一幅地图，一手撑着腰，一手拿着一根筷子："目前的局势是这样的，云梦河是流入淮河的主要河流之一，横跨半个省，途经四个城市，是造成春夏两季洪灾的主要因素，现今世界是资源之争，重点在石油，十年二十年后，争夺的重点将是水资源。云梦河水质优良，不但白白浪费掉还是水患之根，治理只是时间早晚的问题。从县地理位置上看，要治理云梦河非葫芦口处莫属。在葫芦口处筑堤，受淹者职工新区首当其冲。费了人力、物力、财力，居不上三年五载就拆迁，岂不可惜哉?"主人不爱听，酒席未散就把哥请了出去。三年后，职工新区果然开始拆迁，哥成了县城家喻户晓的人物。

　　天未降大任于哥，同样劳其筋骨，空乏其身。女儿上将在一次郊外春游中因车祸丧生。嫂子因失女儿之痛精神恍惚，晾晒衣服时不慎从二楼坠下，治疗三个月最终还是截瘫。为给嫂子治病哥花了所有积蓄，变卖了所置家当，还背了两万元的债务。哥却处之坦然，只是头发白了许多。闲暇时，哥推着嫂子出去"散步"，嫂子怀中抱着两样东西，一只折叠的小马扎，一副象棋。哥放稳轮椅，打开马扎，铺开棋盘，接受男女老少的挑战。不论其棋艺高低，哥从不敷衍。每次把对手逼入绝境，一声"将"之后，哥便从衣兜里摸出一包烟来，抽出一支叼在嘴上，嫂子会及时划一根火柴将烟点燃，对哥粲然一笑。哥深吸一口烟，再将烟雾从鼻孔唇缝缓缓吐出，那份踌躇满志的神态俨然一位将军。

爸爸，你有权保持沉默

爸爸，我可以不说吗？

不行！还了得，屁大点的年纪，竟然开始朦朦胧胧地和女同学暧昧起来了。

爸爸，没什么大不了的，不就几张纸条嘛！

几张纸条？几张纸条说明了事态发展的严重性，也预示了将来可能产生的恶果。说得多轻松，没什么大不了的，有什么能比这更大的？说，把事件从头到尾仔仔细细地说清楚。

爸，我有保留隐私的权利。

屁，在老子面前你精光溜净。说，这是怎么回事？

说就说，我班上一个女孩看上我啦，想跟我好。

为什么看上你，就你那熊样？

爸，瞧你说的。我这熊样还不是你呕心沥血培养出来的？

别耍嘴皮子。说！

你别以为现在女孩子都喜欢什么帅哥，我班女孩就喜欢酷哥。我就是酷哥。

酷？你哪儿酷？

我足球踢得棒，校运动会上，我班和一班争冠军，还剩十分钟时我班还零比一落后。关键时刻，我是边路包抄，带球突破连续晃过三名防守队员，禁区内一脚怒射，足球应声入网。打加时赛又是我的一个头球，彻底打败了一班夺冠的梦想。全班同学都高喊着我的名字，女同学说我场上的英姿特酷，像巴乔！

然后呢，说！

然后我班的大眼睛女孩就给我买了一杯冰淇淋，约我出去走走。

到哪儿？说！

咖啡屋。

咖啡屋？是不是老街拐角的旧梦咖啡屋？

爸爸，那儿有咖啡屋你也知道噢？

我，我当然知道。是你问我还是我问你？后来呢，说！

也没啥，就一块喝了两杯咖啡，说了足球、音乐。

后来呢？

没有后来了。

没了？这纸条上写的什么意思，什么梦的丘比特误伤了我的心。

爸，那是大眼睛从书上抄下来的，她说特喜欢这首诗，就抄下来给我了。

告诉你，小子，你老老实实地给我学习，考上大学才叫真本事，那才叫酷呢。上了大学，大眼睛小眼睛的多得是。你再敢和那个大眼睛来往，我砸断你的腿。对了，你们去咖啡屋，谁付的账？

爸，绅士风度嘛，当然我付账。

屁，你有绅士风度了，你那风度钱是我和你妈没白没黑挣的辛苦钱。

爸，老板是我班同学的哥哥，打六折的。上个星期天，我还去给他打工，挣工钱呢。

你到咖啡屋打过工？上星期天？

是，爸爸。我当服务生，给客人送咖啡。

那……你看到了什么？说。

没啥，爸，不就是你和一个阿姨一起喝咖啡嘛。我看你俩挺投入的也就没打扰你。那阿姨怪可怜的，你不是搂着她安慰她吗，她还哭呢。

这个事，是这样，大人们的事和小孩子不一样。我们有许多的经历，你们不懂，感情上的事有时是说不清楚的，你明白吗？

我们大人现在每天的压力很大，有时就得放松一下，不然有一天就会突然倒塌。你明白吗？

那个阿姨是爸爸高中时的同学，本来我们可以走到一块的，只是她家反对，现在她过得很不如意，丈夫对她不好，她很孤独，那次我俩也是偶然碰到一块的。你明白吗？

这件事你没有和你妈说，你做得对。看来你很理解爸爸。其实爸爸并没有伤害你妈妈，你明白吗？

你怎么不说话？爸爸在咖啡屋的事其实也没什么，都给你说清楚了。哎，你说话，表个态嘛。

爸爸，你有权保持沉默。

妻子的逻辑

单位分了新房，家家都忙着安装防盗门，我家例外。

妻子说，我的逻辑，越是保险越是不保险，就咱家不安防盗门，比谁家都保险。我相信妻子的话，妻子的逻辑总是正确的比率大于不正确的比率。妻子爱逛商店。妻子逛游商场总爱往墙角旮旯之类的摊位上钻，说这类摊位的货价要便宜些，因为这类摊子地段不好，租金就便宜些，生意就淡得多。租不到好段位的主大都是没啥门子的老实人，买他的货是抬举了他，让利就大方些。果然，妻子的逻辑在逛商场时屡试不爽。去菜市场买菜，最厌恶的就是缺斤短两。妻子买，很少会有这种现象。一样菜，小贩要八角一斤，她不会去讨下三分五分总是一句话，不与你讨价，只要够秤。妻子说，我的逻辑是"堤内损失堤外补"，你压人家的价，当然得从秤星上补回来。我价钱掏得高些，买得心安理得，你价钱压得低些，买了也疑神疑鬼，心里不踏实，那不是省钱买罪受?! 我真佩服妻子。

我家不安防盗门，最着急的是对门二胖。二胖摇着扇子，光着膀子，短裤箍在肚脐一拃之下："我说刘哥，怎么着，买得起马配不起鞍? 一个防盗门值几个钱? 我有哥们儿，安个门比谁家的都便宜，我给你联系一下?"妻子说："胖子，你别费心了，我的逻辑，防盗门也是防君子不防小人，偷盗的人，博物馆的文物都拿走了。你信不，若真是有贼光临，准是先撬你的门。这就跟你们男人进舞场，总想请舞厅内最漂亮的小姐跳舞一样。上次在舞厅，你为了……"二胖摆摆手："得了，嫂子，嘴上留情吧，媳妇知道了，中午的饺子也甭吃喽。"二胖出了门，嘴里还说好心换个驴肝肺呢。

后来发生的事，果然被妻子不幸言中。

那几天妻子就觉得不对劲。楼下一个收破烂的已经来过两次，每次啥也没收到。妻子说，楼下那收破烂的不地道，我的逻辑，收破烂应该去旧楼收，要搬家的人该扔的扔，该卖的卖，该送的送，人大方也不计较。咱这楼都是刚搬进来的，既然都搬来了，还有啥破烂要扔？没准是个踩点的呢。妻子拎着几个酒瓶几本杂志，拉着我下了楼，妻子与那收破烂的咨询行情，在一只酒瓶是一毛五还是两毛上争来争去。妻子说，你不容易，我们也不容易哇，两口子都下岗了，吃喝都成问题，上楼去看看，家家都有防盗门，就俺家没有，咱不怕贼偷。哎，你刚才算得不对，四舍五入，你还欠我一分钱。妻子很在乎地要回一分钱，扯着我上了楼，回到屋，妻倒在沙发上笑出了泪。

楼里失盗了，七家的门被撬。我住的单元除了我家完好无损，其余四家都遭蒙难。派出所来了人，查看了现场，一民警特别详细地问了我家的情况，出门时摸了摸门框说，你家为啥不安防盗门？我竟一时语塞。妻子说："对门安了防盗门不是一样得劳你大驾跑来辛苦？"民警直了脖子瞪着眼嘴里却说不出话。

妻子为自己又一次的正确逻辑沾沾自喜，我却一点也高兴不起来，倒觉得欠了人家什么似的。我去找二胖主动帮助他分析案情线索，二胖爱答不理地摆弄自己的防盗门，我帮助马师傅将煤气罐抬上四楼，马师傅连个谢字也没说，关门的声音还特别响。常约我打牌的几个牌友另寻同盟将我"开除"了，没事就找我"切磋切磋"围棋的小孙也另谋高人了。最可气的是晾晒的衣服掉在楼下，我下楼捡衣服的时候里，妻子那条白裙子上竟被踩上了两个大脚印。去单位上班大家看我的眼神有些异常。三两人聚在一起叽叽喳喳，我一走到眼前，人便散开。下了班，从前和我一道走的同事总是找个借口或提前或拖后，把我孤零零撂在路上。妻子说，这是心理变态，我的逻辑，除非咱家也被盗一回。我就盼星星盼月亮地盼着梁上君子也能光顾我家一回。那次在菜市场与马师傅碰了个头顶头，我竟有些歉意地说："您瞧，这盗贼也不再来一回。"马师傅说："这叫啥话，你嫌我家丢东西少哇？"我说我不是这个意思，可我那意思越说越没意思。我觉得只有我最有义务也最应该维护这栋楼的平安。我睁大了眼睛盯着每一个来我们楼上的陌生人。那天我在楼下乘凉，见一女的手里提着啥东西要上楼，我就蹑手蹑脚跟在后面一直上了五楼，那女的敲开了马师傅家的门，扭头朝后看了一眼说："舅舅，你楼下是不是有个精神病？"

有天下午，下着细雨，我从单位赶回家关窗子，上了楼就觉得不对劲，我家的屋门开着，锁是被撬坏了。被盗啦？念头一闪，我就兴奋地叫了起来："我家被盗喽，我家被盗喽。"邻居们围了过来。丢什么东西没有？我查查箱子看看抽屉，没有，看来小偷还没来得及下手。可得多留神呢，最好还是安个防盗门，我连连点头。晚上，我找到二胖，跟你朋友说一声，给我安个防盗门，价钱高低不在乎，只要结实。二胖拍拍胸脯，包在我身上。第二天上午就来了人叮叮咣咣把防盗门给装上了。大家对我又像从前一样亲热。

夜，妻子枕着我的胳膊说："咱家的门是我撬的。我的逻辑，你会高兴的。"有泪落在我的胳膊上。

中　锋

生活像天边飘忽不定的云。大祝下岗了。

大祝有过很辉煌的年月。大祝上中学时个头儿就蹿过了 1 米 9，县城打篮球的人中只有大祝能单手扣篮。部队的球队相中了大祝，只因他家的"历史问题"而忍痛割爱。大祝并不计较，将篮球耍得越来越熟。1974 年春，省青年篮球队下基层巡回表演，与县联队打了场友谊赛。根本没把县联队这群"土包子"放在眼里的省青队，一开场就被县联队打个措手不及。大祝左晃右突，如入无人之境，尤其是后仰投篮无人能敌。观众吼声振天："大祝——扣篮！大祝——扣篮！"大祝就毫不客气飞身跃起将篮球塞进篮筐。省青队乱了阵脚，县体委主任觉得面子上过不去，暗示裁判把大祝"罚"下场。大祝成为一名棒中锋。

大祝凭着一个篮球从县城打到地区打到省队，南征北战驰骋球场屡建战功，可是大祝的手续还是迟迟办不下来。后来年纪大了，伤病也多了，大祝孤零一人回到县城。县机械厂正红火，就把大祝抢了去，安排到厂工会，带着厂篮球队出尽了风头。只要有大祝的比赛，体育场就被挤得水泄不通，尽管大祝已不再能单手扣篮了。后来厂子效益不好，赛事也少了，大祝就在行政上打打杂，年终给职工办点福利。再后来厂子放长假，大祝下岗了。

大祝在床上躺了三天。躺了三天的大祝被一场突如其来的暴雨掀起来了。大祝跳下床抓起雨披往菜市场急奔。暴雨中的菜市场空空如也，大祝看见娇小的妻子孤零零躲在屋檐下，用衣服遮护着几筐鲜菜。大祝眼圈发热，想起这几年自己拿回家的钱越来越少，从没过问家中的吃喝穿戴，家里有生病的母亲，上大学的女儿。这么沉重的担子压在妻子纤弱的肩头上，妻子从没怨过一句，也从不让大祝操心她的菜摊儿。大祝冲上前去把妻子紧紧拥在怀中。

大祝在菜市场摆摊儿卖菜了。大祝舍得出力气，总是自己骑着车到十几里外的菜农田里摘菜进货，菜新鲜水灵价格也公道。消息传开，大祝的菜摊儿格外热闹。生意招呼不过来，妻子说，请几个人做帮手吧。大祝笑了，那我就成了老板喽。大祝注册了个公司，招了几十名下岗工人。大祝说，咱公司经营也像打篮球，有前锋、中锋、组织后卫，还有教练指导，各司其责，按既定的战术打，还要随机应变，讲究集体配合也鼓励个人技术高超；同时也不能忽视对手的实力，扬长避短才能在竞争中得分取胜。大伙儿就笑，说还真是这么回事。大祝公司请营养专家指点，把每日人体所需补充的营养成分，合理配制"营养菜盒"，一日三餐，送货上门，大受家庭主妇欢迎。大祝还与菜农联合开发蔬菜基地，生产不施化学肥料、不喷打农药的"大祝牌"系列绿色净菜，货运到市里被一抢而空。大祝公司干脆在市里也开了几家连锁店，生意做得红红火火。

大祝有了钱。有了钱的大祝并不觉得开心。大祝常常一个人坐在体育场，望着空空的球场发呆。妻子说，祝子，我知道你还是割舍不了你的篮球，你想干啥就干啥吧，挣了钱总得派个用场。大祝望着妻子递给他的存折，眼泪就大颗大颗地掉了下来。

"再就业杯"篮球赛是大祝公司赞助的，所有报名球队大祝公司免费提供服装安排食宿，县城热闹得像过年。冠、亚军决赛时，观众齐声喊着："大祝——大祝——"坐在裁判席上的大祝只得下场，给大家鞠了躬，抓起篮球后仰投篮，橘红色的皮球在空中划出一道优美的弧线稳稳地飞进篮筐，掌声欢呼声掀翻了体育场。

两个月后，"大祝公司篮球学校"开课。

大祝还是个棒中锋。

没有年代的故事

故事发生的年代有待考证。那一年我出生了。

我来到这个世界上，令我居住的小镇欣喜若狂。为控制人口的增长，全球统一实行摇号出生制。我居住的小镇已经三年没有人口出生记录，小镇的首领当初竞选曾许诺，在任期内要使人口增加一到两人，眼见任期届满，镇里人丁非但没增加，还去世了两个。镇里民众大为不满，要罢免首领。我的呱呱落地给首领带来空前的信任，支持率上升百分之三百，连任已成定局。

我的到来让父母高兴一阵后，便有了烦恼，我没有名字可起。因为重名引起的混乱，全球制定了法律，姓名须注册，禁止重名，否则按侵犯名誉权论处。我家住在千层大厦第八百一十八楼，逢双日才能上街购物办事散散步。父亲已经去姓氏信息管理中心十几次，都是乘兴而去败兴而回，拟定的一百多个名字都没有被计算机认可。我的父亲母亲有空就坐在一起，一边逗我玩一边挖空心思给我起名。父亲说，一千年前多好哇，我翻了家谱，咱有个老祖宗叫刘建超，还是个小小说作家，不但有大名，有小名，还有十几个笔名，想用哪个用哪个。现在生个孩子起个名咋恁难。母亲说，那是啥年代，电脑资料上说那个年代的人一周工作五天，天天可以上街玩耍，多幸福啊。父亲说，可不，那时还分着国家呢，只有几个国家有登上月球的技术。娃他妈，你去火星都十几趟了吧？是嘛，现在月球上都人满为患，正组织往土星、木星移民呢。咳！父母都叹了口气。

我没有名字的事也让小镇的人操心。首领号召全镇的居民伸出援助之手，共同为我起个响当当的名字。于是，诸如一镇之星亮晶晶、东方挺立一匹孤独雄狼，天南地北横行霸道之类的起名信雪片般堆积在我家的案头。姓氏信息管理中心的主任拿着父亲交给他的一大串名字，无可奈何地摇摇头，还是不行。这些名字要么是正在使用的，要么是已被人提前注册的。主任还埋怨我父母没远见，为啥不提前就给孩子注册几个名字备用。父亲说，多少人结婚一辈子也生不了孩子。我也是结婚五十年了，谁知道生孩子这等好事会轮到我头上。主任，你给查查，有没有过世的人。按规定，人过世后，他的名字就充公了。主任说，你瞧瞧，等着使用过世人名字的孩子还有好几亿呢。有的孩子都二三十岁了，用的还是数码代号。我们生活水平高，寿命长，我一百五十岁还是个中年人。死人的名字也是远远地供不应求。我父亲急了，那我就给孩子起名叫：王八蛋。主任乐了，别说王八蛋，就是大王八蛋、小王八蛋、大小王八蛋、蛋王八、八蛋王都已注册了。没办法，父亲只得给我领回个代号：待名 08－09－123－567－7474741。父亲说，这个好记，气死气死气死你。主任说，你在家里喊喊可以，外面可不行。我老婆就叫气死你。我父亲张着大嘴啥话也说不出来。

　　我十八岁那年终于有了真正的名字。我十八岁生日，父母问我有什么要求，我说想看二十一世纪文物展览，看看那时的人使用过的电视电话电饭煲高压锅之类。从展览馆回家的路上，发生了件意外的事。一位五十岁的少年，因家庭矛盾，身缠炸药欲行不轨。我奋不顾身扑上去，与之同归于尽。我成为人们传颂学习的榜样，小镇要为我举行隆重的追悼会。遇到的问题是我没有名字，英雄怎么能没有名字呢？姓氏信息管理中心主任说，根据规定，为了弘扬见义勇为的精神，如果英雄与不轨者同尽而英雄又没有名字的话，英雄可以优先使用不轨者的姓名。资料显示，这个不轨者是有姓名的。首领大喜，立刻派人张罗，我的大名第一次出现在公共场所：横七竖八不管三七二十一先生永垂不朽。我的骨灰撒进了大海，只留下镶嵌着我头像的纪念牌。母亲悲痛欲绝，捧着纪念牌痛哭：我的儿啊，我的横七竖八不管三七二十一啊……姓氏信息管理中心主任说，妹子，不能叫。根据规定，人过世后，名字自然充公。信息显示，两分钟前这个名字已经被人所有。我母亲立刻闭了嘴。

从人到猿

我刚刚写下"从人到猿"的题目，门便被敲响了。

打开门，我吃了一惊，差点把手中的笔扔掉——门口赫赫站着我文章中的主人公猿人。我揉揉眼睛，再细看，没错，一个毛茸茸的猿人龇牙咧嘴地仁立在我对面。

我瞠目结舌无了感觉。

猿人拍拍我的肩膀，我张开的嘴才合拢归位。忙拉出一把椅子说："请坐，请坐。"猿人也不客气，一抬腿蹦上椅子。

"老祖宗驾到，有失远迎。不知您为何事而来?"

猿人说："看到你写的从猿到人的文章，觉得你犯了个逻辑错误，特赶来纠正，以免贻害后人。纠正一下，我不是你的老祖宗，你是我的老祖宗啊。"

我哑然失笑："这怎么可能。您生活在五十万年以前，我们现代人就是经过这漫长的进化过程而延续下来的。"

"此言差矣，我生活在距你们五十万年以后，你们经过漫长的进化而使我们延续下来的。"

"这简直是滑天下之大稽，人类是在不断地进化，进步，怎么能倒退呢?"

"倒退? 怎么能是倒退，恰恰是实实在在根根本本完完全全的进步。"

原来是与我理论来了。

我给猿人开了一瓶纯净水。在屋里踱了几步说："你瞧，我现在直立行走，这就是进化的表现。"

"站立行走迟早要被爬行所代替。站立行走改变了人类正常的发育机理，造成你们现代人高血压、脑血管、心脏病、腰肌、关节炎等症状。现在人类已发现每天爬行一段时间有益健康，人逐渐要进化到爬行的。"猿人说罢还得意地摇了摇尾巴。

"你瞧，你长着尾巴，而我没有。人的进化把没用的尾巴蜕化掉了。"

"你也长着尾巴呀。"猿人鄙夷地瞟了我一眼。

"没有，我是绝对没有尾巴的。"我把屁股不礼貌地对着猿人使劲拍了拍。"如果我长尾巴那就是返祖现象，也充分证明我是从你进化而来的。"

"你们都有尾巴，只是你们信奉'夹着尾巴做人'信条，妨碍了它的生长。尾巴是用来保持平衡的，也是尊严的象征，而你们却把尊严夹起来，做什么事都是瞻前顾后，婆婆妈妈，怕留下话柄，怕被人揪着小尾巴，这极大影响了你们的发展和进化，要不然，从你进化到我也用不了五十万年。现在有的人长尾巴，浑身长毛，这不是返祖，恰恰相反，是人类进化成猿的证明。看我尾巴想摆就摆，想摇就摇，想伸就伸，不怕天，不惧地，活得多自在。哈哈……"

"轻点声，别吵醒了我老婆。你瞧，我们现在是一夫一妻制，而你们是群居，不论是母系社会还是父系社会，与今日的人类社会是不可同日而语的。"

"可悲，可悲，这是对人的本性的扼杀。一夫一妻制是人类自己的禁锢约束。如果制定出一夫二妻、三妻制，你是反对呢，还是赞同呢？肯定是赞同的，男人的本性就是猎艳，一种霸占欲，拥有欲，女人的本性就是依附。就说你吧，看到漂亮的女人你是否也产生过邪念？上次在华山开笔会，你不是也对一位女作家春心荡漾，还接吻拥抱，只差没……"

我大惊失色，连忙示意猿人住口，这点隐私怎么能抖搂出去呢？

猿人压低声音："现在的人真甘心一夫一妻吗？不是有了婚外恋、三角恋、多角恋，不是已有人养二奶，纳小姿，和小蜜不三不四，这难道不是在向猿靠近吗？不同的是你们还偷偷摸摸，而我们则是大模大样。"猿人指着墙上挂的明星照片："这位女星假如送上门来，说心里话你是纳还是不纳？"

我急忙转移话题："人类的进步只能朝着更高更强的方向发展，怎么能越来越向你们低级动物发展呢？现在的人研制出电脑、核能、卫星、洲际导弹、登上了月球……"

猿人摆着那双毛茸茸的大手："高科技不正在把人推向危险的绝地吗？曾经引以为豪的核武器不是越来越使发明者感到畏惧吗？不是越来越多的人呼吁限制它的发展甚至取消它吗？过多地滥发射卫星已形成了太空垃圾，越来越威胁着人类生存的空间。干嘛去征服月球？难道破坏了一个地球还不够吗？现存的核力量就可以把地球毁灭个五次八次。"猿人说得有些激动，抓起桌上的饮料呷了一口，立刻便"呸呸"地吐了出来："这是什么玩艺，这怎么能喝？"

我笑了："这是纯净水，也是利用高科技制造出来的。"

"笑话，纯净水会制造出来？制造出来的东西怎么能说它纯和净呢？五十万年以后，我们猿人洗澡刷牙的水都比这纯净几百倍。"

"污染当然是有的，但人类的发展、技术的进步不可能不对周围环境造成一定程度上的影响。"我斟酌了词句。

"错。是对人类生存环境的破坏。滥砍乱伐，无序开采污染江河，水土流失。可笑的人类现在却开始呼吁绿色食品了，偌大的地球竟找不到一块纯净之地了。"

"人类已注意到自己的生存环境遭到了破坏，已经在着手治理保护自己的家园。"

"怎么治理？不是吆喝声音大，实际动作小？"

我无语。

猿人摊开手："你能给我描绘一下你想象中的美好家园吗？"

"当然。青山绿水、碧空蓝天，小桥流水、鸟语花香，空气清爽澄澈，采菊东篱下、悠然见南山，人与人之间没有了贪婪、凶残、狡诈、冷酷、掠夺、战争。全球同此凉热。"

猿人叫道："对喽，这正是进化到猿人时代的情景。"猿人蹿到我的书桌前，用手指蘸着墨水在我的稿纸上写了四个大字：从人到猿。

我惊出了一身冷汗。

凤凰车

母亲说我小时就不喜欢车之类的玩具。父亲给我买的玩具车，寿命都不会超过一天，不是被我摔坏就是被我拆得七零八落。我两岁时照的一张骑在三轮车上的照片就是哭着脸的，母亲说为把我按到车上还拍了我两巴掌。上了学，我对自行车却产生了浓厚的兴趣。

我父亲在机场值班，每到星期六才回家来。部队家属院距机场有十几里地，所以父亲大都是骑着值班室的自行车回家。那是一辆掉了漆的老飞鸽牌的自行车，当时的年代家有自行车的还很少，就是这样的旧自行车也是很扎眼的。我缠着父亲要学自行车，父亲不同意，说我还太小，再说那是公家的车，万一摔坏了，影响不好。不过，父亲倒是把擦自行车的"革命工作"交给了我。把风尘仆仆的自行车擦得一尘不染。

家属院有个叫武的孩子，比我高两年级。武的手很巧，会用钢锯条打成的小刀雕刻木手枪。武雕刻的木手枪跟真枪一模一样。他爸爸有一支废了的驳壳枪，他就是照着枪的尺寸和部件雕刻。部队宣传队的叔叔都相中了他刻的木手枪，排样板戏《沙家浜》时，演郭建光和一排长的叔叔就用的是武刻的木手枪。武可以不用票到礼堂看演出，我们好羡慕哦。我从小就立志当解放军，"飞虎队"的八路军打日本鬼子也是骑着自行车拿着盒子枪哩，我多想也能有一把盒子枪啊。为了能得到武刻的盒子枪，我不断地找机会接近武，想方设法讨好他，甚至不惜把辛苦积攒的五张"大中华"烟标送给他。他收了我的烟标，答应给我刻一支小一点的盒子枪。我连连点头，行啊行啊。武又说，不过你得把你爸的自行车推出来让我骑骑。我说，那是公家的，我爸都不让我骑。武牛气地一撇嘴，那就算了。我立即就妥协了，说那行，就十分钟，不能摔倒。武说，行，我会骑，向毛主席保证摔不倒。武果然会骑自行车，还会载人。他载着我围着家属院转了好几圈，还让我玩了盒子枪。以后，每回我父亲回来，我都偷偷地把自行车推出去，让武过过瘾，慢慢地我也学会了骑自行车。每次问他给我刻的盒子枪，他不是说已经刻了枪管了，就是刻到枪把了，再不就是木料不好，刻断了。终于有一次，父亲接到通知要赶到值班室，却找不到自行车。当我满头大汗地推车进门，迎接我的是一记耳光。父亲再回家，自行车总是上着锁。我找到武说了原因，武不在乎，说反正有人给他自行车骑了。原来我班军的父亲骑回了一辆"凤凰"车，答应给武骑，武说要给军刻一支盒子枪。我这才明白，武是怕我有了枪就不给他车骑了，所以就一直用枪吊我的胃口。那天放学，我把武堵在草坡上，狠狠地揍了他一顿。第二年，父亲就转业了。

　　上初中时，学校组织学生拉练到龙门山。学校要挑选十名同学组成先遣队，在队伍前面侦察开路，回来帮助疲惫的女同学驮背包。到先遣队的条件是必须有一辆自行车。我家里没有自行车，但我还是报了名。回到家，我把参加拉练先遣队的事告诉了母亲。母亲很支持，还答应帮我借自行车。那天，母亲真的借回了一辆新的"凤凰"自行车。原来，母亲帮助一位邻居腌了一上午酸菜就为我借了一天的自行车。我兴高采烈地骑着自行车飞奔到学校，偏偏天公不作美，淅淅沥沥地下起了雨，拉练计划被迫推迟。我失望又沮丧，无精打采地回到家。母亲安慰我说，别着急，到时候咱再借嘛。过了几天，拉练开始，我到处借不到自行车。家有"凤凰"车的邻居说有个亲戚结婚，把自行车借走了。队伍就要集合，我急得都要哭了。母亲气喘吁吁地推着一辆除了铃不响剩下哪儿都响的自行车赶来了。母亲说是跟单位看门的老牛头借的，老牛头家住在农村，每天要骑车回家。母亲给了老牛头五角钱，让他乘公共汽车。我骑着那辆破自行车参加了先遣队，返回的路上，不断地有走不动的女同学把背包交给先遣队的同学。尤其是骑"凤凰"车的同学，背包都挂满了，骑着车摇头晃脑神气得跟李向阳似的。我的车上却空空荡荡，没有女同学往我的车上放背包，心里失落得发酸。班里的洋洋看出了我的窘境，我也知道她能够坚持到学校，她还是说，班长，我背不动了，帮我带一下背包。我带着洋洋的一个背包回到学校，完成了我的先遣队任务。那时我就发誓，长大后我一定要买一辆"凤凰"自行车。

参加工作后，我攒了半年的工资，买回了一辆崭新的"凤凰"自行车。我载着女朋友洋洋绕着县城转了一圈，又转了一圈。

回力鞋

十二岁那年我考上了县体校，学打篮球。我把消息告诉了母亲，母亲并不像我想象的那样高兴，只是说以后要多吃饭多费鞋了。父亲刚转业回到地方，需打理的事很多，我和两个弟弟正是吃饭穿衣蹿个子的年纪。弟弟都是接我的旧衣服穿的，衣下摆和裤腿接了几节，虽然是一个颜色却深浅不一样。父母工资不高，每月算计着用到月末也显得手紧，还要照料在山区的奶奶叔叔，日子过得紧巴拮据。父亲倒是挺高兴，说蹦蹦跳跳对身体有好处，将来当兵或是找工作也有个一技之长，还从箱子里翻出两双新的军用胶鞋，说本来是留给你两个弟弟穿的，你上体校刚好派上用场。

体校的训练是很艰苦的。清晨天还没放亮，我们就开始体能训练。从体育场跑到伊河桥，再打个来回，要跑上五六公里，一身的透汗濡湿了前胸后背。随后是一个小时的分组基础技能训练，自身的体温将湿透的衣服焐干，晨练也就结束。匆匆忙忙赶回家扒两口饭，背起书包就往学校跑。下午放学后又是两节训练课，吃过晚饭还要有训练比赛。虽然很苦很累，年少精力充沛，也没感觉吃不消。只是鞋子费得厉害，几个月下来，一双军用胶鞋已经缝补了好几次。另一双新球鞋一直没舍得穿，要留到打比赛时用的。

体校里有个叫孬的同学，个头不高，身体条件也差。他是没有参加考试，开后门进来的，因为他爸爸在县委工作。同学们看不起他，又羡慕他，只有他穿着一双鞋帮子上印有县名的白回力牌球鞋。训练时，大家像约好了似的总踩他的脚。一堂训练课下来，孬的白球鞋就变成黄的了。课间休息时，大家都脱了鞋晾汗脚，便挨着穿上孬的回力鞋体验体验。我套上回力鞋跑了跑，蹦了蹦，才知道原来还有穿起来这么舒服的鞋。我相信我要是有这样一双鞋，我会跑得更快，跳得更高。

我渴望有一双回力鞋。我母亲在百货大楼上班，在大百货组卖锅碗瓢盆。我没事的时候就去百货大楼，在卖鞋的柜台旁转来转去。卖鞋的王阿姨看出了我的心事，对我母亲说，你儿子看中回力鞋了，给儿子拿一双，打球排场。母亲笑笑说，穿啥鞋还不能打球？我知道一双鞋的钱是好大一笔开销，母亲舍不得，我也张不开口。弟弟连我穿的军用胶鞋还没有呢。我盼着自己快长大，能到县篮球联队公家给发回力鞋。县篮球联队发的鞋也不是给个人的，只是在集训比赛时穿，球队解散球鞋还是要缴到体委。孬的爸爸就是保管这些运动衣和运动鞋的，平时县篮球队不集训，他爸爸就拿给孬穿。

上体校的第二年，一天放学，女生队的丽丽告诉大家，她妈妈说汽车站要盖车库，运砖的活可以让体校的同学干，运一顶砖给两角钱，问大家愿不愿意干。砖场距县城十多里地，而且一路慢上坡。平时我们都是看见劳改犯拉着架子车运砖，苦着呢。我见同学们有些犹豫，鼓动大家说：我们干，到时候每人可以买双像孬一样的回力鞋啊。大家的劲鼓起来了，一男一女两人拉一辆架子车，大清早就出发。一顶砖250块，一车拉一顶半千把斤重，第一趟大家还有说有唱，第二趟有的同学就受不住了，我一天拉了十趟。拉了两天，砖就运完了。算算账，我拉得最多，拿到了4元钱。我把钱交给母亲，替我存着，等攒够了钱我就买回力鞋。那天，我看到了母亲眼里的泪在闪。没过多久，母亲下班回来真给我带了一双回力鞋。我捧着鞋，就像捧着得了一百分的考卷。母亲说，仓库进了老鼠，咬坏了一些商品，就减价了。我这才发现，一只鞋帮上有几个小窟窿。母亲用白线把鞋上的小洞精心地缝补好，还买了两袋刷鞋用的白鞋粉。第二天，我穿着回力鞋参加了县少年篮球赛，得了冠军。以后，只有比赛时我才穿回力鞋。我后来才知道，那双回力鞋是王阿姨整理仓库时，故意将鞋做了手脚，减价后卖给了我母亲。

我现在还珍藏着这双回力鞋。

老 兵

　　老兵是个粗人。1948 年 6 月，老兵跟随华东野战军挺进中原，解放古城开封时，他任爆破分队的队长。开封守敌长期经营城防工事，形成了永久性的防御体系。城外挖有地壕，深宽各一丈有余，挖壕土方用来加厚城墙。城门外筑有三角地堡群，城外二百米以内的住房都拆迁了，形成了一片开阔地带。老兵担任爆破队长，负责爆破宋门关。宋门关的守敌仗着城墙高壁厚地势险要阻击了部队的进攻。老兵率兵冒着密集的炮火连续两次对城墙实施爆破，都因威力不足，城墙未炸开。老兵急红了眼，将两只炸药包捆扎在一起，又上。通信员扯住老兵的胳膊："队长，我去！"老兵一脚将通信员踢开，冲机枪手吼着："你给老子狠狠打！"机枪手端起机枪，将猛雨般的子弹扫向城头。老兵身捷如猿，左蹿右跳，连滚带爬到了墙根，一声巨响，城墙裂开个缺口，部队攻上了城头。老兵烤焦的衣裤上被子弹穿了六七个洞，他却一点也没伤着。老兵拍拍头，十分得意地对自己的属下说："看到没，子弹也欺软怕硬。"部队开庆功会，首长点名让老兵发言，老兵背了大半宿的发言词，一登台就忘了个精光，干脆一挥手，说："也没啥了不起的，我就是往城墙上送了三次炸药包，一次也没牺牲。"笑声比掌声还热烈。

　　建国初期，军区办了干部文化实习班，当了团长的老兵又在文化实习班当上了班长。拿顺了枪的手就是拿不顺笔，每节课老兵都要折断几支铅笔。老兵着急上火，腮帮子肿得老高。教员说，学习像你炸碉堡一样，有困难。只要有勇气和恒心，就没有攻不下的堡垒。老兵心想，说得是呢，便下了狠劲，几个月不回家。一天，教员交给老兵一封信，说："团长，你把收信人和发信人的地址写颠倒了。"老兵挠着头，憨憨地笑着说："收到收不到也没啥，只是想叫你嫂子知道我也能给她写信了。"学员们起哄，拆开了信，信上只写了一句话：老婆子，你吃了吗？

补习班有个学员姓王，爱摆老资格。有次他骂了教员。老兵找王学员谈话："你立过几次功？"王学员神气地摆摆头："三次！"老兵说："我才立了五次。你立的啥功？"王学员底气不足："一个一等功两个二等功。"老兵说："我才两个特等功三个一等功。你是啥职务呀？"王学员耷拉下头。老兵说："打仗立功，敢打敢拼，那是半个本事，能文能武那才是大本事。咱来这儿学习不就是要学这大本事吗？"

一晃过了几十年，老兵黑亮亮硬扎扎的头发花白了。他从将军的位置上退了下来，每日照例要到熟悉的营区走一走，转一转。营区坐落在临近海滨的东山坡上。站在营区，可以鸟瞰整个城市。营区脚下的那条黄金海岸，每日都被密密麻麻的中外游客铺满。老兵时常坐在营区山崖边的岩石上，出神地望着大海无垠的碧波和如织的游人。

"怎么回事？"老兵被身子后传来的一阵喧哗声吸引。

一位值勤战士跑了过来，敬了个礼说："报告首长，这位导游带着几位外国朋友要到营区里游玩，我不放行，他们就闹，还说脏话。"

老兵对导游说："请你告诉这几位外国朋友，这里是军事重地，游人止步。你们必须向这位士兵道歉！"

导游不屑地瞥了老兵一眼，对外国游客叽咕了一通。

老兵双眉一抖，一把揪住导游的衣领："你还是个中国人？你让我向他们道歉？"

老兵转向几位蓝眼睛黄头发的外国游客，用不流畅的英语说："我以中华人民共和国一名将军的名义，要求你们对刚才不礼貌的言行向这位士兵道歉。"

外国游客望着威武的老兵，连连向士兵道："Sorry，sorry。"

导游嘟哝着："人家的卫星连陆地上的男女都能分辨清楚，还有啥了不起的秘密？"

老兵提高了嗓门："人家科技发达，难道我们连自己的尊严都不要了吗？你这种浑账话，放在从前，老子敢毙了你！"老兵说着，手习惯地摸向腰间。

导游脸白了，带着几个人匆匆离去。

老兵拍拍士兵的肩头，背起手朝山崖上走去。夕阳正浓，余晖似一把神斧，将老兵铸成一座雕像。

志　愿

　　妻子把"调动申请表"放到丁鼎的面前，恳求说，老丁你就痛痛快快签个字，调走吧，啊。你干了二十多年警察，大小功立了十多次，身上有好几处伤，对国家你已尽力了。丁鼎大口大口吸着烟，劣质烟刺鼻的焦味呛得妻子咳了几声。丁鼎捻灭了烟头。妻子端来一杯茶，老丁啊，我知道你舍不得这身警服，那家公司也是请你做保安部经理，性质也差不多啊。丁鼎眉头一拧，我这是国家的卫士，他那是自家看门护院，怎么能比？妻子说，人家给 2500 多元，你现在才拿个零头。丁鼎把水杯重重地放在桌上，钱，你就知道钱！妻子吓了一跳，掩着脸嘤嘤地抽泣。

　　丁鼎坐到院中又点燃了烟。妻子拿件外衣披在丈夫身上，将头依靠在丈夫的肩头。老丁，我跟了你快二十年，我是看重钱的人吗？丁鼎搂住妻子。妻子年轻时是单位的一枝花，丁鼎到妻子的单位做了一场报告，妻子就深深地爱上了丁鼎。丁鼎的家境窘迫，母亲瘫痪在床。俩人结婚后，妻子把老两口接进城里尽孝道，伺奉得老人喜泪纵横。那时丁鼎和妻子的工资都不高，为了给母亲治病，丁鼎和妻子星期天上山采草药。母亲去世前，拉着丁鼎的手，孩子，我最大的福分就是有了这么个好媳妇，你要好好待她啊。前年，丁鼎的父亲又中风偏瘫在床，妻子白天上班，晚上给老人按摩端屎端尿，没让丁鼎请过一天假。妻子说，老丁，我跟着你吃多大苦受多大累我都心甘情愿，可咱的丁丁今年就要考大学了。孩子懂事啊，我去学校看他，正赶上他吃午饭，孩子是就着一撮咸菜啃馒头，我这当妈的心——妻子哽咽着说不下去了。丁鼎眼里噙着泪。想到孩子，丁鼎心里就感到愧疚。妻子生产时，他在外地执行任务，因营养不良，孩子常闹病。几次孩子住院他都没有陪在身边，开家长会，他也一次没去过。同学们还问丁丁你是不是单亲家庭啊？可孩子从来没有抱怨过自己。丁鼎拍拍妻子的肩头，让我考虑考虑吧。

丁鼎进了局长的办公室，闲扯了几句，还没提到正题，任务就下来了，集中严打。队里一泡就是两个月。丁鼎疲惫不堪地走进家门，妻子已备好了晚饭。妻子喜滋滋地告诉丁鼎，丁丁两次摸底考试都是年级第一，老师说咱丁丁是北大清华的料。妻子给丁鼎斟了一杯酒，说你们是不是抓了几个打架的？丁鼎警觉地说，你问这干吗？妻子说，没啥。有一个是我们单位头头的小舅子。你知道，单位正在裁员呢。头头专门找我谈话，说要留下我，只要你能通融通融。丁鼎把酒杯一蹾，那是打架？是带有黑社会性质的犯罪团伙。这些混蛋不严加惩治，老百姓怎么能过安稳日子？你怎么能答应这种事！妻子两眼含泪，我就是怕下岗，我要工作。丁鼎抚摩着妻子几缕泛白的发丝，说我忙过这一段就去找领导说调动的事。等咱也有了钱，我要好好打扮打扮你，还要去游游中国的大好河山。妻子笑了，只要你有这份心就行了，快吃饭吧。丁鼎胡乱扒了几口饭，枕在妻子的腿上安稳地睡去。

妻子见到丁鼎的最后一面是在电视直播上。一歹徒抢劫之后挟持了一名幼儿做人质，周身捆绑了炸药与追捕的警察对峙。丁鼎请战，孤身一人与歹徒周旋。临行前，丁鼎对着摄像机庄严地敬了个礼。丁鼎敬礼的内涵只有妻子读懂了。丁鼎与歹徒展开心理战，歹徒抽烟稍一分神，丁鼎以迅雷不及掩耳之势把幼儿从歹徒手中夺回，顺手推下土坡。歹徒拉开了导火索，丁鼎大吼一声扑上去，泰山压顶一般将歹徒按在身下。战友在丁鼎的衣兜里拿出了被血浸染的"调动申请表"，上面只填了三格：姓名，丁鼎。性别，男。职业，警察。

丁鼎牺牲一个月后，丁丁参加了高考，总分全省第二名。在父亲的遗像前，丁丁和母亲庄重地填报了志愿：第一志愿：中国人民公安大学。第二志愿：中国人民公安大学。第三志愿：中国人民公安大学。

将军树

　　将军指着眼前一片茫茫的戈壁滩，用仅存的左臂潇洒威武地一挥：同志们，这里就是我们的新家，搭帐篷。金黄的戈壁滩星罗棋布地支起泛着淡淡绿色蘑菇般的帐篷。将军走进了一顶帐篷，看到敬着军礼的小战士脸上挂着一滴未来得及拭去的泪。将军和蔼地笑了：怎么，小鬼，想家了？小战士又抹了把脸：报告首长，没有。将军把自己的手绢递到小战士的手里：那你哭啥子嗷？小战士低着头：这里，一棵树都没有，一点绿都见不到。将军的面色凝重起来：是啊，这里没有树没有草，还缺水。我们来喽就要改变这一切。

　　部队的备战任务很重，营区的建设计划周期一再提前。闲暇下来，将军就带着大家在基地的四周植树。基地缺水，生活用水靠军车运送，每人每天的用水都有严格的定量，连刷牙水也只有两口，植树也成了一件很奢侈的事情。战士洗脸擦澡涮衣都不用肥皂，把积攒下的水用来浇树。树，植了，枯了，再植，还是枯了。小战士成为老兵，退伍时，将军来了。将军手里托着一个瓷盘，盘里生长着郁郁葱葱的蒜苗。将军说：很对不起啊，小鬼。只能送你一盘绿蒜苗喽。但是，你要相信，我们的营区将来一定会比你手中的这片绿还要美哟。

　　距营区二十里外有条季节河，每年雨季都会给干旱的戈壁滩留下一个时期的滋润。将军带着战士要开出一道引槽，把季节河水引入营区。水引入了营区的水塘，营区建起拦风沙的围墙，挖沙填土栽下耐风沙的胡杨树。营区的入口处竟然有五棵胡杨树泛出了嫩嫩的绿芽，战士搬出锣鼓家什，敲敲打打过年一般热闹。几乎所有的人都给家里写了信，报告的第一件事就是，我们植的树发芽长叶了。以后，所有退伍的老兵，离开部队时都要到胡杨树前照张相，留个纪念，所有的新兵寄回家的照片上背景都有那五棵逐渐茁壮起来的胡杨树。将军每天都要到胡杨树前来看看转转，他熟悉每一棵树上的每一枝树杈。落下的一片树叶，他也会小心地捡起，托在掌心凝视许久。

又是一个炎热的夏季，五棵胡杨树已经能够遮出一旮荫凉。将军又来到胡杨树前，忽然，将军惊愕地瞪圆了眼睛，一棵树上攀着一个穿着开裆裤的娃娃，手里攥着几根折断的枝条。将军几乎是飞上前去，一手把娃娃从树上抱了下来。将军拿过娃娃手中的枝条，眼中盈着泪：你是谁家的娃娃？你干啥子要折树噢。娃娃被吓得有些怔：我要编草帽。通信团长急急匆匆跑来：报告首长，是我的孩子，家属刚随军。团长对娃娃扬起手，将军严厉地制止住：娃娃没有错，有错的是你。从今天起你就是营长喽，关三天禁闭。你以后的任务就是好好植树。将军走了几步又停下，把手中的枝条塞到团长的手里：编个草帽，给娃娃。

营区里经常可以看到扛着锹提着水桶植树的营长，他的身后跟着一个穿着开裆裤拿着玩具水桶的娃娃。营区一茬一茬的树绿了，远远望去，黄澄澄的戈壁滩蓦然冒出一片绿洲。营长给树浇完水，双手垫在脑后打盹。忽然一股清香飘来，沁入肺腑。他睁开眼睛，娃娃坐在身边，手里捧着两只青黄色的梨。他一跃而起，抓过梨问娃娃：哪儿来的？娃娃小手指向远处。远处只能看到一个人影影绰绰的背影，但是那只空空的袖管被风吹起，像一面猎猎招展的旗帜。将军告诉营长，那几个梨是他到兄弟单位开会带回来的。这种梨树耐旱抗风沙，很适合我们营区栽种。将军让他带人去学习取经，有一天我们的营区也会变成花果山。

营区的梨树采摘下了第一筐果子，基地委托营长和娃娃把果子带到了北京医院，送给将军尝尝。弥留之际的将军望着黄黄的果子，苍白的脸颊泛起红晕，两眼放出欣喜的光芒。他颤颤巍巍的手捧着一只梨，慢慢地放到鼻下，深情地闻着，闻着。护士把将军枕边厚厚的笔记本交给营长，本子每一页里都夹着一片树叶。

　　根据将军的遗愿，将军的骨灰埋在了营区五棵胡杨树下。战士把那五棵胡杨树亲切地称为"将军树"。

　　我就在"将军树"下站岗。我就是当年折断树枝编草帽的那个娃娃。

着 急

马荔着急啊。自我感觉一肚子的笔墨文才就是显露不出来，单个字写出来都挺好，组合到一起就不是个东西。西部都大开发了，自己这片"处女地"就是找不到开发者。马荔长得不漂亮，可还不到对不起观众影响市容的地步啊。怎么给自己介绍的不是死了老伴半个身子在筛糠的半百老汉，就是嘴流口水说不上三句完整话的弱智青年？马荔着急啊，咱内秀啊。都说作家没美女，连男人都懒得去骚扰的女人才能安安静静地写东西，只有在文字的海洋里她们才可以为所欲为把自己身体和男人身体一部分一部分地糟蹋。马荔不是美女，应该是作家啊，马荔着急啊。

马荔能不急吗？马荔写了篇文章《一县之长》竟然在一家杂志社举办的征文中获了奖，更要命的是通知她到她从来没有去过的遥远的城市去领奖。通知要她寄几张近照，以便杂志社的人到车站接人"对号入座"。马荔除了身份证上那张照片，还没走进过照相馆。马荔让照相馆的化妆师体验到了什么叫"艰苦的工作"，整整四个小时化妆师才给马荔捣腾出样来。摄影师几乎就没怎么招呼，噼里喀嚓就把马荔打发了。

马荔着急啊，着急的是自己去参加这么隆重的会议，竟然没有几个人知道。马荔拿着通知书找到公司老总请假，老总看也没看说：一周的假你的部门经理就可以批。马荔当然知道，但是她还是逐个去请示了三位副老总、纪检书记、工会主席和五位副处级的调研员。马荔跟部门经理告了一周的假，还向两位副经理一位经理助理打了招呼。马荔向同部门的所有男同胞详细地讨论了要去的城市的地理和天气情况，又向所有的女同伴认真咨询了服装和穿戴问题，连被糖尿病折磨得在家休养的就要退休的古大姐也被马荔电话骚扰了十分钟，告诉古大姐自己要去开颁奖会，一周内就不会去打电话问候大姐了。马荔走出单位大院，看到收发室的老胡头，马荔热情地和老胡头打招呼，一脸严肃地向老胡头请教作为单身女人出门应该有哪些注意事项，以防不测。老胡头很耐心，从出门坐车到吃饭游玩絮叨得马荔都不耐烦了。老胡头望着马荔远去的背影摇着头嘟囔着：你还会有什么不测呦。

马荔着急啊，车厢里南来北往的人，竟然不知道他们中间有一位正去领奖的女作家。马荔有意把获奖通知书夹在一本文学名著的扉页，名著显眼地放在茶几上。左邻右座的或看报或看花里胡哨的杂志或闭目养神，没谁借她的名著看。马荔不止三次地假装翻书把那张获奖通知书掉到地上，邻座的人只是提醒她东西掉了，没谁帮她拾。最后只好自己说，也没什么就是一张获奖通知书。没人接她的茬。马荔下了车才着急呢，转了两圈找不到接站的人。电话里约好了，会务组派人来接站的啊。马荔通过广播找人，声明自己在站口左边石狮子下，不见不散。过了一刻钟，一个小伙子手里拿着照片，小心翼翼地上下打量了马荔一番：你就是马荔？马荔还幽了一默：是啊，我比萨达姆还难找吗？小伙子说：和照片上判若两人啊。直到把马荔送到宾馆也没再说一句话。

马荔在宾馆里急啊。杂志社请来了不少各地有名的作家，马荔都得去拜访啊。马荔拿了本子见门就敲，头一句话就是：我是写《一县之长》的马荔，敬慕老师的大名，能给我签个字吗？头天晚上马荔转了两层楼，第二天又转了三层楼，第三天她自己也不知道哪些转了哪些没转，反正闲着也是闲着，干脆从头再来。最后一核对，有的作家给签了两次、三次名，还有十八个名字对不上号，到服务台一打听都是些普通住客。马荔这个气啊，自己竟然让"十八个伤病员"过了回明星瘾。散会时，大家都知道了到处找人签名的马荔，只是都用"一县之长"唤她。

马荔着急啊，回到单位又回归到原来单调的轨道上，获奖之行没有给她带来丝毫的改变。人们也没多问马荔的远行情况，只是翻翻马荔带回的签名本，说上一句：作家的字也不怎么样啊。倒是老胡头隔三差五就问马荔那一路有没有啥不测，好像马荔没发生什么不测倒挺遗憾的，烦得马荔上下班都躲着老胡头。市作家协会举办文学讲习班，通知马荔参加，马荔更急了，躲在屋里一整天练习签名，在本市自己应该算"著名作家"啊，前来讨教的文学青年还能少吗？会上，马荔也学给自己签过名的那些作家的样子，待在房间里等待那些慕名者。可会议快结束了，也没有一个人登门拜访，一个名也没签出去。散会时，马荔在房间里收拾东西，听到走廊里叽叽喳喳的喧闹声，一帮小青年在告别互留联络方式。马荔觉得这是最后的机会了，她走过去说：我写的《一县之长》在外省的杂志上发表还获了奖，要我给你们签名吗？马荔还主动地准备好了签名用的笔。大家奇怪地看了马荔，嘻嘻哈哈地离去。马荔浑身燥热刺痒，回到屋里扒开衣服一看——大冷的天竟然出了一身痱子。

　　马荔着急啊！

闵 君

闵君清清瘦瘦，架着一副眼镜，长长的头发从中间向两边分散开去，很容易让人联想起三四十年代的青年学生模样。闵君家境一般，心气很高。上高中时就称自己是清华园的料，对其他院校不屑一顾。高考报志愿，他将第一志愿、第二志愿、第三志愿统统填上清华大学，让老师同学惊愕不已，他就在大家惊愕的目光里潇洒地名落孙山。闵君不在乎，第二年参加高考仍然如此。闵君不在乎，家里却承受不了，告诫闵君，三年不中，回家务农，家里实在供不起。闵君只得放弃初衷，考入一所海运学院。

闵君在大学的校园也似乎感触不到大学的那种氛围，总是不屑地说，这里哪有清华园气息，我应该是清华园中一才子啊。闵君对学校组织的一些活动也不热心。学校对家境困难的学生有一定的生活补助，征询闵君家庭情况时，闵君只写了一句话：吃喝不愁。吃喝不愁的家里有时就不能将生活费及时寄来，闵君就有过2.6元的咸菜吃半个月的"爬雪山过草地"的历史。同屋的同学看他脸都绿了，硬拉着闵君去饭馆撮了一顿。请客的竟是领着救济补助的蒯大兴。蒯大兴抹着满嘴的油说，他家是小康家庭，申请救济只给人个贫困家庭孩子勤奋上进的印象，再说，救济嘛，不领白不领，有的学生还讲自尊心再难也不去申请，那不是死要面子活受罪。闵君心里就泛苦，辛辣的二锅头，他竟吱吱溜溜咽下去大半瓶，让同学拖回到宿舍。第二天，闵君就递上救济申请，班主任一脸疑惑，闵君一甩分头，资本家也有破产的时候。

闵君大学毕业分配到一家县城的水产公司。同学说，去找找公司领导，送点礼，分个好岗位，要说你该留到省城。闵君不去，大学分配都硬着腰杆不求人，都落难到"土鸡"的地步了，还能咋样？公司的领导把闵君分配到一个门市部去卖水产品，并说是专业对口，都跟海有关系嘛。闵君咬着牙上班了，莫不说整日海鲜的腥臭味熏得人喘不过气来，就是每天几卡车货的装卸就折腾得闵君只有放屁的劲了。一个月下来，闵君又瘦了一圈，拿到手的工资是组里最少的，活干得没别人多嘛。组里的胖嫂瞅着闵君说，你还是个上过大学学海产的呢，咋连海鲜都不会卖？闵君悲哀得就跟孔夫子、孟夫子提着大刀街头卖肉一般。闵君揣着一个月工资买了好酒好烟进了公司头头的家，还免费在头头家做了半年的家教，头头的女儿果然进步很快，期末考试进入全班前三名。头头乐了，闵君有学问，是个人才呢，就把闵君调到公司办公室。闵君也可以悠然自得一张报纸一杯水，跷着二郎腿过日子了。

闵君到了谈婚论嫁的年龄，家里急着张罗着给他说媒提亲。闵君说，男人嘛，先立业，后成家。公司里一个漂亮女出纳，几次给闵君暗送秋波，闵君一脸"四项基本原则"不予理睬。办公室七八个饮食男女，都处上了朋友或结婚有了孩子，家里的琐碎事就多，早走晚来，遇上加班加点就都推给了闵君，你就单身一个，闲着也是闲着嘛。闵君那晚加班到半夜，头昏脑胀推开宿舍门，办公室秘书小马正搂着女朋友满脸找嘴呢。小马拉着闵君走到门外，恳求说：帮帮忙，我今晚要把女朋友搞定，不然她就有可能向反对我俩相爱的父母投降了。反正你单身一个，在办公室将就一宿吧。闵君回到办公室，越想心里越冒火，娘的我招谁惹谁了，明天就说朋友，两个月内结婚。闵君说到做到，闪电般走完了恋爱、结婚、生子的三部曲。

闵君自觉得小日子过得有滋有味时，一场意外，闵君就走完了他人生的最后一程。临终前，闵君对妻子说：死后不搞遗体告别，不开追悼会，把骨灰撒进大海。我一生窝囊，生命的尽头，要精神一回。妻子流着泪用劲点点头。闵君妻子把闵君的遗愿向公司领导说了，公司领导不同意。闵君是为公司办事发生意外去世的，这同张思德烧炭窑崩了一样，都是重于泰山的事，怎么能草率简单呢？我们不在追悼会上给闵君一个高度评价，怎么能对得起他的妻子女儿呢？闵君的追悼会在公司礼堂隆重举行，有关领导出席了追悼会，公司头头儿致了悼词。闵君被挤压在玻璃框里的那张脸很无奈。

老　冒

老冒在单位是个权不大，管事不少的科员，常有不认识的人来找他盖个图章，领个表格，联系茶叶、福利什么的。问起老冒在哪儿，便有人回应，喏，那个理着茶壶盖头的就是老冒。"茶壶盖"成了老冒的形象特征。

老冒的"茶壶盖"是结婚后出现的新生事物。老冒结婚时，生活水平还很低，两口子家庭负担也重，老冒每月两次理发就要花去一块钱。老冒媳妇说，娘家有把旧理发推子，以后好赖我给你理吧，省一块钱够咱一个月的酱油盐钱呢。媳妇敢下手，不管老冒疼得龇牙咧嘴，给老冒啃了个"满目疮痍"，害得老冒大热天捂了一个月帽子。老冒捂着帽子给了媳妇一个启发，再理发时，让老冒戴着帽子，媳妇只将帽沿下的长发推去即可，虽然还不耐看，媳妇说得有道理，我看着顺眼就行了呗，别人顺不顺眼碍着咱啥事啦。老冒就顶着"茶壶盖"雄纠纠气昂昂地上班了。开始同事们还拿他的发型取笑，后来也就习以为常。八十年代，港台歌星开始进军内地，老冒发现台上那几个被台下少年少女嗷嗷叫着哄着的天王之类，也都留着茶壶盖式的发型，老冒对办公室的人说，看到没，媳妇早就让我领导发型新潮流啦。

老冒的媳妇妈病了，媳妇回娘家照料，老冒四十好几的人又过起了单身。头发长了，也没人给理"茶壶盖"，老冒就走进了离家不远的一家美发厅。女老板叫阿姣，穿得挺薄，两只鼓鼓的乳房似乎会胀破那兜它的布条条。阿姣理发不用推子，一把小剪子拿在手里，在你前后左右蹦来跳去的，"喀嚓、喀嚓……"的剪发声听起来让人舒服，尤其是阿姣剪你的前海时，脸离你很近，胸脯离你很近，老冒觉得自己伸一下舌头就可以侵占那两只兔子样的尤物了，老冒脸红了，四十来岁的人心还这么不安分。老冒闭上眼睛，想起媳妇现在那两只没一点动感像挂在墙上泄了大半气的气球，禁不住又将眯着的眼睛睁开了一条缝。老冒精神了，舒坦了，心里像搅了蜜。

老冒的媳妇从娘家回来后，老冒也不再让媳妇动他半根头发，还对媳妇发了火，说人窝囊半辈子了，下半辈子要精神精神，外面理一次发，七八块钱，咱拿得起。老冒就常到阿姣的美发厅精神精神。从前老冒最头疼的就是头发长得快，想到快要挨媳妇推子的日子到了，心里就像卸了磨等待被杀的驴一般难受。自从有了阿姣那鼓鼓的两只兔子，老冒总觉得头发长得慢，常自觉不自觉地对媳妇说，我这头发是不是又该剪了。

老冒的头发滋滋润润地又长起来了。老冒喜孜孜地又来到阿姣的美发厅，却见不到阿姣。一位小姐说阿姣病了，在医院动了手术。老冒坐在转椅上，看着小姐将自己苦苦留长的头发用电推子一撮一撮地推掉，老冒那个心疼哟。那段日子老冒显得无精打采，做什么事都不上心，丢三落四被局长臭骂了一顿。老冒沮丧的日子很快就过去了，老冒路过阿姣的美发厅时又见到了正给客人做活的阿姣，老冒立刻像被打了兴奋剂。只是自己头发尚短，老冒心里挺上火。没过几日，老冒忍耐不住去了美发厅，阿姣还是热情地接待他，只是穿得挺厚，捂得挺紧，两只兔子也藏起来了，老冒心里嘟噜着什么，一脸不悦。出门时，听到收钱的几个小姐说，阿姣那两只乳房是注硅胶丰起来的，没想到发生了病变，只好去医院做了切除手术。老冒心里像拌了面。

从此，老冒又开始让媳妇给他理港台歌星式的"茶壶盖"头。

乞

　　读着大文豪的大块的小块的菱，便滋润了我要当一名作家的愿望，在我看来当一名作家也实在不是什么难事，只要认识三五千个汉字，并能用笔把它们排成行，读起来不别扭，闻起来，有点饺子馅味就得了。

　　我的第一篇大作发表在村里的宣传板报上，那是有关计划生育的小故事，说的是村里的一对夫妻将避孕用工具煎着喝，结果怀孕要状告计生站给假冒伪劣产品。我得的第一笔"稿酬"是故事中的男主角赏给我的一顿拳头。一顿拳脚非但没有打消我的作家欲望，反而更增强了我立志成家的决心。我给自己立下规矩，每天写三千字，每周一篇小说，或诗歌，或杂文，或散文。结果是一无所获，狼狈不堪，我便更坚信了社会上传说的没有关系发表不了稿件。不是吹，我这些稿件要是发表出来，不弄个"诺贝尔"也捞个"茅盾"、"鲁迅"什么的大奖。

　　那天我想疼了头发也没构思出个题材，便随手翻开了一本杂志，杂志中央登了一个启事，《艳遇报》征稿，目的是培养发现青年作者使之登上文学殿堂。我从来不知道"艳遇"是何方神仙，但却写了一封让我自己都觉得拍马拍得过重的信，并寄上了一篇大作，作品里塞进了情爱、情杀、乱伦、变态、航天飞机、吸毒、厕所、宾馆。不久就接到了回信，说是大作写得不错，只是情节还欠刺激，描写还不够具体，要我再修改，不要被字数限制，只要作品好，发个整版也不成总之我兴奋得在床上翻了五十多个斤斗，直到别了脖子。我又脱光了所有的衣服赤裸裸地在屋里跑了十几圈还用双手把没有多少肉的屁股蛋拍得噼里啪啦响。我立即着手修改，加入刺客、耗子、丰乳、臀肥、同性恋、KTV包间、明星、彩票、暗娼……直到我自己都觉得恶心了方才住笔，直起身子伸了个懒腰竟痛痛快快放了一串响屁，真舒服。

我把修改稿用特快专递寄去还附上了一封"慧眼识金……诚心栽培"之类肉麻术语。那几天我连走路都是一颠一颠的，平时都不屑跟我打声招呼的清娴看我的眼光都有点异样。哼，等着我的大作一发表，就是正儿八经的作家了，清娴会羞答答地拿着她的习作请我指教，我可以借机拍着她的肩膀，搂搂她的腰，然后亲亲她的脸，然后，然后……"喂，狗蛋，醒醒，发啥癔症呢？"我睁开眼，收破烂的王老头用锣锤捣着我的头。

没几天又接到了回信，说稿子分量比第一稿重多了，正在发排。因为《艳遇报》是不定期刊，可能要在两个月后第八期见报，并要我帮助征订五百份。我开始动员全村人征订《艳遇报》，怎奈我费尽口舌，村里没几个人买我的账，还说订这样的报，媳妇会不乐意，生闲气，扯球淡。最后还是收破烂的王老头答应订一份，条件是喝的饮料罐得无偿给他，还得帮他找个媳妇。我答应了，我的媳妇还不知在谁肚子里转筋呢。我算了算，五百份，一份五角也就是 250 元，我包下算了，只当广告投资了。我把钱汇到了《艳遇报》并着手写作第二篇稿，写个长点的，争取能连载。

盼星星盼月亮盼着东方出太阳，谁知钱汇出后就再也没有了动静，三个月过去了别说报纸，连手纸都没见一张，破烂王老头屁股后面催着我要报纸要媳妇要饮料罐。终于有一天，我收到了《艳遇报》的来信，迫不及待地打开，纸上写道：本报因办刊方针有误，内容混浊，已被上级勒令停刊。

奶奶的脚！

羡

一间病房里住着两个女人。

略显白胖的女人看上去就是养尊处优经过大场面的人，言谈举止间有着一股说不清摸不透的派。瘦女人是刚住进来的。医院床位紧，况且还是干部病房。是胖女人住着寂寞，要求住个伴，得比她年纪大病也比她重些。瘦女人知道自己是沾了胖女人的光，很感激地对胖女人笑了笑。

来病房探望胖女人的人很多。上午医生查完房，护士刚刚给打上点滴，就有人拎着大包小包来看望胖女人。胖女人对来探望的人大都爱搭不理，有一句没一句搭讪着不冷不热的话。来探望的人却极具热心，几乎都关照医生护士要精心治疗护理。这些人离开的方式也近乎一致，手机一响，不是有会议就是有项紧急公务需他回去处理，一边说着安慰的话，一边匆匆离去。有时来探望的人多，便挤坐在瘦女人的床边。瘦女人总是往里挪挪，尽量腾出些地方。胖女人觉得过意不去，瘦女人善解人意微微一笑。胖女人说，原打算住院能清静些呢。瘦女人说，你的工作重要啊。胖女人不屑地说，哪是我的工作，都是冲我老公来的。你说人家来看你吧，平日就没个来往，来了挺尴尬，不来吧又说不过去。这种例行公事的应酬，没有更好。瘦女人宽慰她说，也是你的人缘好哇，病了没人看没人探的心里也不是个滋味。胖女人露出笑容，那我是身在福中不知福喽。

瘦女人倒是挺清闲，几天中只有她的丈夫每天下午来坐一会儿。俩人悄悄地说着话，开心处俩人捂着嘴悄悄地笑。男人的手始终握着瘦女人的手不松开。男人走后，瘦女人会闭上眼睛，好像还在愉悦中徜徉。睁开眼睛，便对胖女人笑一笑，笑容里还夹着一丝少女般的羞涩。

胖女人眼中流露着羡慕，瞧你们多好，还像一对年轻恋人。瘦女人说，当教师的，嘴还行。我就是被他那两片嘴骗上贼船的。你俩是教师？瘦女人点点头，市八中的。胖女人兴奋地说，我也是八中的校友啊。瘦女人仔细端详着胖女人，你是不是低我两届的小铁梅呀？那次汇演你把假辫子给捋下来，还随机应变唱打不尽豺狼绝不把辫子留长。胖女人笑了，那你是——瘦女人捋捋额前发丝，认不出来吧，我给你们报过幕。胖女人吃了一惊，你是被称为八中校花的靓靓?! 你怎么变得，变化太大了。瘦女人说，变老了变丑喽。这就是生活啊。胖女人说，当时好多男生追你，高年级低年级的都有，我们演出队的女生嫉妒得背后没少咒你呢。瘦女人笑出声，现在我是扔在大街上也没人要喽。身体也不行了，说倒下就躺进医院。小铁梅，你还好吧，听说我住进这病房还是沾了你的光。胖女人摇摇头，怎么说呢，生活是无忧无虑。男人是当地的父母官，别人都羡慕呢，我却越来越觉得寂寞无聊。我住院就是赌气，想让他来陪陪我。他只是头天转了一圈，听医生说没啥病，这些天就见不到他了。瘦女人宽慰她，管着几百万人的吃喝拉撒，忙呗。胖女人甩出一句，他有花花肠子了。俩女人住了嘴。

　　探望胖女人的人一天比一天多，各类礼品慰问品以及鲜花堆满了大半间屋。瘦女人还是只有她的干巴丈夫每天下午来陪陪她。

　　阳光明媚的上午，病房里显出一缕温馨。忽然，门外涌进一群欢蹦乱跳的学生，吵吵嚷嚷围在瘦女人床边。老师，你住院怎么不告诉我们？我们是悄悄地跟着肖老师才找到这儿的。大虎，你爸在这儿当院长，老师住院你都不知道，该罚。孩子说着笑着闹着。叫大虎的孩子挥挥手，老师，今天我们代表全班同学要组织一次阳光行动。同学们，阳光行动开始。孩子们欢雀着，把瘦女人的床抬起来。瘦女人说，同学们，别闹，这是医院。大虎说，我跟我爸说好了，他同意。老师，你一个星期没下床了，我们陪你去沐浴阳光。孩子们抬着床像一群快乐的小鸟飞翔。瘦女人幸福地笑着，脸上却挂着晶莹的泪珠。

　　胖女人看着瘦女人空空的床位，心里也空荡荡的。羡慕的眼神望着离去的孩子们。忽然，胖女人掀去身上的被子，起身下床，她也要去晒晒太阳。

医

医生在夜班的路上被劫持。

"对不起，哥们，把身上的票子拿出来，百年以后还你。"说话人蒙着面。

"我上夜班，没带钱。"医生并不惊慌。

"少啰嗦，不然我捅了你。"蒙面人的刀子抵住医生的脖子。

"我没带钱。我是个医生，今晚还有个手术的病人，你捅了我等于害了两个人。"医生依然平静。

蒙面人伸手在医生的兜里掏来翻去，果然一无所有。

"表，把手表拿下来。"

"不行，这是妻子送给我的结婚礼物，二十年了从未离开过我。"医生稍有反抗，刀尖便在医生的脖子上划出一道血印。

医生依然不动。蒙面人急了，伸手拽下医生手腕上的手表，蒙面人的手腕上有一条长长的疤痕。

远处有人走动，蒙面人向黑暗处跑去："这次便宜了你。"

医生平静地走进医院，走进手术室。

手术做了四个小时，医生走出手术室，疲惫，苍白。

刚刚坐下，护士急匆匆报告，有急诊，摔伤。

急诊室躺着一个血肉模糊的人。

护士说，是下夜班的工人送来的，工人已走了，病人身份不详，还没有办理入院手续。

医生抓起病人胳膊，把住脉，眉头紧紧地皱在一起。

"救救我。"病人呻吟醒来，望了一眼医生，闭上嘴，闭上眼。

医生说："先给他办理入院手续，病人失血过多，立即输血。"

护士："还没化验血型，血库……"

医生："来不及了，我是O型，输我的。"

护士："这不行，你刚做完一个手术……"

医生，"别说了，快！"

医生的血一滴滴输入病人的体内。

病人两天后醒来，医生站在他床边。

"谢谢你，救了我。"

"是素不相识的夜班工人把你送到医院的。"

"你给我输血，做手术……"

"你是我的病人，这是医生的职责。"

"你知道，是我抢劫了你。"

"你胳膊的伤疤告诉了我。"

"你的表，在我的衣兜里，它坏了，可不是我摔的。"

"我知道，它十年前就已经不走了。"

"那你为何还戴着它？"

"为了纪念我的妻子。十年前她在追捕歹徒时受伤，再也没能醒来。"

"你妻子是警察？"

"优秀的警察。"

"你为啥不把我交给警察，我是爬上三楼盗窃时失足摔下的。"

"想给你个争取宽大的机会，你还年轻。"

病人恸哭。

下午，同医生一起走入病房的还有一位穿着制服的警察。

会　虫

厂里给莫明派了个新差事，替代厂长、书记应酬各类会议，还美其名曰："会议代表"。大凡干了几年头头脑脑的人都对会议有了厌烦。参加会议要说是个说苦不苦、说累不累的活儿，可挺绑人。有的会绑人绑得比关禁闭还难受，还有的会议一开始便将会场的大门锁住，开会的人真成了囚犯。有人统计说，干一任差事有一半的时间是在会议上度过的。

莫明对厂里委派的差事表现出浓厚的兴趣。要知道，虽然各个部门的会多，但也不是人人都可以参加的。莫明除了每年一次的总结表彰大会，几乎没有参加什么会的待遇，有时莫明看到那些夹着包在悠闲等待开会的人心里就升出一股嫉妒渴望的滋味。

莫明参加会议十分投入且精神抖擞，一天连续开几个会也不显一丝疲倦，即便是布置投放老鼠药清理垃圾，莫明都认认真真仔仔细细记录下来，然后认认真真仔仔细细地向厂长、书记汇报，汇报的时间与他参加会议的实际时间长短相差无几。厂长、书记开始还挺像回事儿地听了几次他的"传达贯彻"，后来就说工作忙，让莫明向办公室主任汇报。办公室主任每天也是忙活得两腿闲不住，让莫明有啥事向秘书小王谈，小王正谈着朋友，处在"水深火热"之中，每次都是不耐烦地打断汇报兴趣正浓的莫明："行啦行啦，你把材料搁那儿吧。"便抓起电话和他的小鹿鹿爱呀、想呀、吻呀的，把莫明冷落一边。

莫明慢慢理出了头绪，其实没啥人在乎你去开的啥会，要不厂长、书记何不自己去，非让你莫明去？不过有些会议又是不传达不行的。上次开创卫会，莫明在厂部转了一圈也没有找到听他传达会议精神的人，只有门卫听他"贯彻"了半天，在小黑板上写了一句：明天打扫卫生。结果厂区因投放鼠药的点位不够数，被检查部门挂了"黑旗"。厂长黑着脸喷了莫明一脸"珍珠霜"，并扣了他半个月的工资。

吃一堑长一智。莫明再参加会后，仔细整理几条要点写在稿纸上交给办公室主任，诸如"扶贫会，每人捐 10 元周五收齐交工会"，"计生会，厂里五个计划外要拿下"，"治安会，集中抓赌"之类，果然很有效，主任很满意，厂长也挺满意，还补发了被扣掉了的半个月工资。

莫明参加的会也并非都是枯燥乏味的，有些庆典、开业、联谊之类的会就有些"油水"。除结结实实吃一顿还可以领回一些"纪念品"：皮包、衬衣、毛毯、电饭煲或多多少少的红包。莫明只美美地把肚皮填饱，领取的"纪念品"他是一份不留。替厂长、书记开的会，"纪念品"交厂长、书记，分不清楚的统统交给办公室主任，主任常拍着莫明的肩膀夸奖几句。下班时，莫明看到"纪念品"放在主任自行车的后架上带回了家。莫明没有丝毫的不快，自己本身就是替人家去开会的。

莫明参加会议多，慢慢也琢磨出点开会的门道。有的会是自始至终必须坚持的，有的会是听了开头就可以中途溜之的，有的会是签个到就可以拂袖而去的，有的会则根本无需光顾。莫明不但应酬各类会议越发如鱼得水，耳闻目染莫明对各类领导的讲话报告也能揣摩个八九不离十。有次参加会，莫明中途溜场，到朋友家喝了半天酒。偏偏会议结束时，领导点名并通报到了单位。莫明知道自己"大意失荆州"，厂子效益不佳，正闹人员下岗，他这个"会议代表"的特岗也被越来越多的人窥视。莫明只得咬紧牙关，一口咬定点名时自己因闹肚子正蹲在厕所同肚子做"艰苦绝卓"的"阶级斗争。"主任不信，让他传达领导在会议上的"补充意见"，莫明略一沉思便一是认真落实，二是常抓不懈，三是总结检查，直侃得主任瞠目结舌。

莫明参加会议总是拣靠边的位置坐，一是不显眼，免了与各单位头头寒暄的尴尬，自己毕竟只是个"会议代表"。二是外出抽烟，换口气或中途溜号也方便。各类会议开始都有电视台的记者来摄像，或许是拍摄方便吧，摄影记者屡屡将莫明聚精会神的神态摄入镜头，晚上电视本地新闻节目中也就屡屡出现莫明的特写镜头，莫明在厂里的知名度越来越高，主管部门也对莫明有了深刻的印象。不久厂里班子调整考核组点了莫明的名，民意测验的结果莫明也是遥遥领先。莫明被任命为厂长，原厂长退了二线。莫明客气地问老厂长想做些什么具体工作时，老厂长粗声粗气地说："我当会议代表。"

炖

　　旭蹑手蹑脚推开门，听到蓉轻轻的鼾声，旭深出了口气。旭记不清这是第几次对蓉说单位里加班。旭的单位除了月底统计几组数字上报，其余时间都在云山雾罩的闲侃中打发。加班？鬼才信呢。可蓉相信而且信得真真切切。旭第一次嗑嗑巴巴闪闪烁烁红着脸说出晚上要加班，蓉都没打一点疑问，叮咛旭注意身体，还特意为旭炖了鸡汤。以后，每次旭去单位加班蓉就给旭备着鸡汤，旭喝着鸡汤心里就毛捣捣的。

　　旭单位分配来个女中专生夏。夏长得平平凡凡，打扮很现代。夏坐在旭的对面，胡侃之后就大眼瞪小眼，瞪着瞪着就瞪出点意思来。平平凡凡的夏在旭的眼中也变得不平凡。夏让人喜欢，爱向旭请教问题。即使为弄通一个单词也是虚心地走到旭身边一副真诚的纯真。旭可以嗅到夏的唇边送来的缓缓暖气，夏的长发有意无意地在旭的脸颊脖颈处摩挲，旭就觉得自己没了分量轻飘飘的。夏请求旭晚上帮助她完成一篇文稿，旭就同意了。旭的加班就勤了些。夏对旭的格外照料和有意表现引起单位人的关注、介意、不满、嫉妒。闲话就捎到蓉的单位。蓉只是笑笑，对旭体贴得越发周到。

　　一日临近下班，天忽降暴雨。旭和夏和单位的人聚在门口谈论天气。蓉就在暴雨中出现了。蓉撑着一把小伞，依偎着旭的肩头，伞小蓉将伞移到旭的一边，自己的半边身子淋在雨中。旭有福气，妻子温柔又漂亮，我摊上这样的妻子给我省长都不换，同事们羡慕地说。话是给夏听的，夏心里就酸酸的。夏对旭的进攻就更直截了当。夏约旭故意把电话打到家里，蓉就让旭放下手中的活去帮夏。不管旭回来多晚，砂锅里总留着蓉给他煲好的鸡汤。旭找茬发邪火还摔了砂锅，蓉笑笑，重新买来砂锅。旭说，你别折磨我，我俩分手吧。蓉一笑，傻话，我还没和你过够呢。旭没了脾气。

夏熬不住，竟自找到蓉。

直说吧，我爱上了旭，非他不嫁。

那是你自己的事，跟我有什么关系吗？

旭说他也爱我，他对你没感情。

旭和我生活了十年，是你年龄的一半。

感情的事不能用时间来衡量。

那不是感情。经不起时间的是情欲。

我和旭结合能有助于他的事业和前程。

旭有多大本事吃几碗饭我心里有数。

我和旭已经有了那层关系，你能容忍？

我们孩子已经七岁了，长得像他爸，调皮。

你不和旭分手，我什么事都做得出来。

不和旭分手我什么事都不用做。

我可以等，因为我比你年轻。

你等不起，因为你的年轻太短。

夏走了。夏从此变得精恍惚，变得憔悴，变得更平凡了。有人给夏介绍了个新近丧偶的副主任，夏就匆匆忙忙嫁过去了。夏出嫁那天蓉给旭炖了一砂锅鸡汤，说这是我给你炖的最后一次汤，你以后多保重。旭就呆住了，砂锅里半闭着眼被炖烂的那只老公鸡，旭怎么看都觉得像自己。

成　熟

　　姬长是在退下来之后才觉得斌已经成熟了。

　　姬长是公司的副总，手下领导的也就是斌所在的一个部门。斌跟着姬长干了二十多年，二十多年间原先在姬长手下做事的人大都换了岗位、部门或者跳槽翻版，只有斌死心塌地。斌从大学毕业初出茅庐的小青年熬到不惑之年，在姬长的眼里，斌总是不成熟。

　　斌的第一次不成熟是刚刚进单位，姬长还是单位的一名主持工作的主任。那天政治学习，读报。姬长反复强调了政治学习的重要性，然后把大家早已翻看过的报纸再读几段，讨论讨论大好形势。报上的一个标题是"南斯拉夫铁托到达莫斯科"。姬长读成了"南斯拉夫铁，托到达莫斯科……"还解释说南斯拉夫的铁炼得好，连莫斯科都进口呢。斌就忍不住哈哈大笑，大伙就跟着笑，笑得姬长脸上红一块、白一块。事后，姬长找斌谈话，批语斌不尊重领导，不能正确对待学习，还很不成熟。以后为斌更快地成熟，姬长就把每次读报的任务交给了斌。姬长升为公司副总后，斌成为他手下的一个主任。斌将部门的工作处理得井井有序，安排得妥妥帖帖，以至于让姬长没有再布置什么工作的必要。姬长心里就犯嘀咕，好像设这么个副总是聋子的耳朵——摆设，好在斌的所有上报材料都得经姬长签字，每次斌将打印得清晰整洁的报告送到姬长办公室签批时，姬长就有了种满足感。他就拿起笔大段大段地划圈，往往将斌认为写得最出彩的段子一笔勾销，有时划得文稿前言不搭后语。老总曾对一篇报告大发雷霆，姬长告之是斌亲笔撰写，斌无奈只得拿出原稿与姬长圈过的稿子送给老总，老总阅罢原稿，欣喜地说，这么好的材料还修改啥？还抑郁地对姬长说，真得跟年轻人多学几手呢。姬长不痛快了好几天。不久，公司开会，研究第二梯队人选，斌上了名，征求姬长的意见，姬长说，斌各方面都行，业务上没啥说，就是还不成熟。老总说，说具体点。姬长说，斌这么多年来，没有写过一份要求加入组织的申请书，起码政治是还欠成熟。斌的事就被搁下了。

斌后来知道此事，就写了一份申请书交给姬长，诚恳地要求加入组织。姬长说，要求进步是好的，可早不要求晚不要求，偏偏在选拔后备干部的节骨眼上提出要求，大家会怎么看你呢？会不会认为你争功近利，意有所图，这不是显得你不够成熟吗？斌也就不再提及此事。

姬长眼瞅着就要到退休的年龄了，老总不止一次地当着姬长和斌的面说，老姬呀，为公司选好苗子，选好苗子呀。姬长就翻出高级职称可适当放宽退休年龄的文件摆在桌头显眼的位置上。老总看到了也当没看到，斌看到了便仔细瞧一遍，姬长就问我这高级经济师是可以干到六十五岁的哟。斌说，姬长，你就好好带着我们干吧，你就是干到七十，我们也衷心地拥戴你。只是文件指的可能是高科技领域的人员，像我们这有没有这种职称都无关紧要的公司，怕是享受不到呢。姬长就心里堵得慌。一次聚会，姬长酒喝得过量，斌扶着他进了办公室，姬长大口大口吐了一地，满屋子腥臭，姬长就哭诉，说斌是个有本事的人，是唯一能顶上他当副总的人，如果没有斌，他是完全可以干到六十五的。

姬长硬是撑着干到了六十一岁，上级找姬长谈话，退下位子让给年轻人，并征求姬长的意见推选接班人，姬长便颇认真地想了想，又颇认真地摇摇头，说，这么重的担子还没有人能力力量量地担起来呢。来人就提出斌，业务能力强，群众基础好。姬长头摇成了拨浪鼓：斌哪点都好，就是太不成熟。经常发些牢骚，对下岗、分流、倒闭这些事物，不能正确对待，怎么能担任领导工作呢？我还是再干一年，带带他，等斌成熟了，我也就放心退下来喽。上边没理姬长的茬，很快就下了文件，姬长退休，又从外单位调来一名副总。姬长对新来的副总交班时说：上级还是很尊重我的意见的，斌没有提拔，还是不成熟嘛。

不久，姬长就在新来的副总办公室里大吵大闹起来，斌就过来劝解，姬长指着新来的副总的鼻子说，斌，你给评评理，他才来了几天就取消了我的电话补助费，我要换煤气，用公司的车，他说公司的车都派出去了，可你看看，他的车就停在楼下，人走茶凉，这茶凉得也太快了嘛。斌就劝他不要生气，不要气坏了身子。斌推着自行车给姬长换了煤气罐，又扛着送上了五楼。姬长拉着斌的手说，斌，看来还是你比那新来的混账副总成熟啊。

官　娃

　　"俺娃在省城做大官呢。"这句话不知被森德老汉唠叨过多少回。街坊邻居遇到个啥作难的事,这句话就会从森德老汉皱巴巴缺了牙的嘴里轻溜溜地滑出来。乡里乡亲的谁家圈里几头猪谁家母驴怀了驹都再清楚不过了,你森德家的娃在城里当大官,歇歇吧。当官的人村里倒是有一个,东街的狗毛在县城啥子公司当科长,每次回村都开个铁壳子车,给村里人发带把的烟。

　　森德老汉的话不是没人信过。那年县里化肥脱销,村里人眼瞅着田里的苗施不上肥,急得牙根子上火。森德老汉一句话,惹恼了村委主任,老爹,你就别添乱子了,你娃真当的是大官就让他给批点化肥来。看看人家狗毛家的地,早上了肥了。森德老汉就背了个包搭车去了省里,三五天过去还真拉回一车尿素。价钱大了可田不等人,肥用了,闲话也有了。还说娃在省里当啥官呢,连平价化肥都搞不到呢。森德解释说,俺娃说,尿素上着比化肥好呢。庄稼人不愿听,庄稼人图的是实惠。

　　森德老汉每年地里活闲的时候,就背着杂粮去娃家住上几天。回村里也给人发带把的烟。人们吸着森德老汉的烟,搭讪着城里的事。森德老汉说,城里咱乡下人住不来。上楼下楼都关在个铁壳子里,忽闪着人头晕。地上铺着木实块,油光光的直想打斤斗。七老八十的人喽,娃媳妇还逼着他喝酸奶。连上茅池都是坐着,干使劲就是屙不下来。年轻人逗趣说:吹牛吧,你娃要是个大官也开的就是小车。森德老汉再进城还真是坐着红颜色的小车回村了。森德老汉说在城里两天就住腻了,对娃说俺要回村呢。娃说去买火车票,俺说火车坐着头老晕。娃说那就买汽车票,俺说汽车开不到村里,爹老了,腿脚不利索了呢,你就用你成天坐的那种小车把俺送回去，村里人都应记着哪。娃没说二话，打个电话就要来车。瞧瞧，排场不，红颜色，娃说吉利。森德老汉脸上堆满了欣慰。一青年围着车转了一圈认出了车上印的字，老爹，你坐的是出租车，要花大钱雇呢。俺一个子也没掏。那是你娃给掏的呗。问问师傅从省城到咱村得多少钱？开车师傅伸出仨指头。赁贵，30 块钱？森德老汉瞪圆了眼。30 块钱摸摸，给了三百我还不愿跑呢，回去得赶黑路呢。森德老汉张大了嘴巴。森德老爹你也真舍得，可以买半吨化肥呢。森德老汉像一下矮了许多，见到大人小孩都低着头，从此不再说娃在省城做大官的话。

森德老汉病了，病得不轻。村主任说发个信让娃回来看看。森德摇摇头，娃忙，娃不易呢。森德老汉去世后，他娃从省里回了村，坐的还是森德老汉坐的那种花钱雇的车。第二天村里来了一排溜大车小车，有省里、市里、县上的，村里人才想起森德老汉的娃真是在省里当大官呢，是个行长，手里管着几千个亿呢。森德老汉的娃挨家挨户感谢乡亲对老爹的照顾，然后带着媳妇女儿在森德老汉的坟前跪了很久很久。

白　板

B厂长突发疾病不省人事被送医院。消息惊动了全厂。

B厂长妻子赶到医院看见B输着氧扎着针不知痛苦视死如归的样子，泪水便滚落下来。她握住B的手，急切地唤着："老B，是我，你醒醒啊。"B，岿然不动。

"医生说是劳累过度心力衰竭。都怨我没照顾好厂长。"秘书小张嗫嚅着说。

B妻怨道："工作能有干完的时候？连续几天都见不到他的面。五十好几的人，能和你们年轻人一样熬？老B若有个三长两短，我这孤儿寡母的可怎么活呀。"

张秘书说："我劝过厂长，别熬了，身体吃不消，可厂长那脾气，谁劝得住？"

B妻心脏不好，女儿搀扶她回去休息，临走B妻拉着小张的手："张秘书，老B就托付你照料了。"

厂宣传科李干事抱着台摄像机进了病房："张秘书，上边催着要咱厂怎么落实减亏计划的材料，这可是个活生生的材料。拍个片子送电视台一播准轰动。你给我说一下当时的情况，行吗？"

"当时，我和B厂长、司机小马、厂办主任在泵房里……"

"怎么在泵房？"

"办公室没法待呀。成天都是催要贷款的，退货要求赔偿的，比菜市场还热闹。咱厂都几个月开不出工资，车间也停了好几个，哪儿有钱还债？没法儿，躲呗。B厂长一急搬了箱方便面就把我们几个扯进了泵房，连续熬了三天三夜，谁都不许回家。连拉屎撒尿都是一路小跑。厂办主任父亲过寿都没让走。你知道，我和萌萌正热乎着呢，萌萌扩了我十几次都没回电话。白开水泡方便面，B厂长和我们一样熬，到今天早晨四点多钟，B厂长就忽然倒下了。"

李干事说："我得赶个材料，这里就辛苦你了。"

B厂长的事当晚就上了县电视台，果然引起反响。第二天上午抓工业的副县长就莅临医院看望。副县长又向张秘书问了当时的情况，嘱咐医生要用尽全力治疗老B，临走拍拍张秘书的肩："是你们年轻人没照顾好老B呀。你是老B相中的苗子，要精心照料好他，可不能再有半点闪失喽。"张秘书喏喏称是。

来医院慰问B厂长的人络绎不绝，张秘书在病房连轴转了两天两夜。女友萌萌来找过几次，张秘书都没敢挪地方。张秘书又急又火无可奈何。B厂长若就此这般昏睡不醒，自己非拖垮了不可。张秘书忽然心里一动，凑近B厂长耳边唤道："B厂长，快醒醒，最后一把牌你赢了，你自摸喽。"

奇迹出现了。B厂长吭了一声，缓缓睁开眼，环顾四周，一把拉住张秘书："小张，不许捣鬼，最后一把是我自摸了，对不?"

张秘书喜极而泣："是你自摸了，白板。"

"没错，是白板!"

排　毒

　　都说好汉娶不到好妻，癞蛤蟆娶个娇滴滴。此话不假，当初学校的校花，多少男生追求的偶像竟然嫁给其貌不扬被同学称为歪瓜裂枣的我。男同学嫉妒得皮肤都过敏，认为我玷污了他们心中的女神。结婚那天，他们把我灌醉瘫如烂泥，方解心头之恨，说第一个新婚之夜让我不能得逞。他们还让我交代是用了什么卑鄙的手段把校花弄到手的。其实是冤枉我了，咱有自知之明啊，就凭我这条件别说找校花了，就是那花根也轮不到我。可谁让她父亲在我父亲手下当差，偏偏又遇到了要提拔的关键时刻。是她父母亲自到我家说媒，要把女儿许配给我，说是郎才女貌般配的一对。我家也没亏待她，把她安排到最吃香的一家公司任后勤部经理。

　　有人形容女人结婚前是纯金，结了婚变纯银，生了孩子以后就是破铜烂铁。大概是女人的生理变化较男人明显吧。我妻子可不是这样，很注意保养自己。为了不成为"破铜烂铁"，她不肯要孩子，说生了小孩会影响女人的体形，肚皮上会留下赘肉。我说只要脸蛋没有赘肉就行，肚皮上的肉除了我谁还有资格欣赏。妻子说，那夏天呢，在游泳的时候，穿得薄一点呢。你看时尚的衣物什么样？露肚脐眼！我无话可说，妻子倒是真的穿了个露着肚脐眼的服装招摇过市了，只是她同男性同胞谈论时，我总觉得他们的眼睛往我妻子的肚脐上跑。

　　妻子每天早晨都要空腹饮一杯淡淡的盐水，这种方法是从香港一位有名的影视明星那儿学来的。还要喝一杯不加糖的鲜牛奶，盐水可以帮助排除体内的毒素，鲜奶补充排毒后皮肤所需的营养成分。我真佩服妻子的肚量，灌了一肚子液体还又跳又蹦地"天天跟我学，每天五分钟"。肚皮里叽里咕噜的响声我都听得见。妻子很注意保养，经常从报纸电视里搜集一些养颜的土方在自己身上勇敢地实践。开始是用鲜柠檬榨汁，再加五十毫升纯清蜂蜜和一个生蛋清轻轻搅拌均匀兑少量水饮用。这对我们刚组建的小家庭是笔不小的开支。我又不好说啥，娶了个如花似玉的媳妇就够窝囊人家了，浪费点"物质基础"是为了巩固"上层建筑"啊。每月发的工资除了正常开支，几乎都孝敬在她的脸上了。好在妻子的肚子不争气，用了这方子就拉肚子，屁还特多。几个月便有些坚持不住，可还硬撑着。我说从报上看到，专家建议不要喝生鸡蛋，不卫生还容易患寄生虫病。妻子依依不舍地告别了鸡蛋柠檬蜂蜜，马上又与大蒜结盟。说是丹麦的专家发现，大蒜可以延缓人体皮肤的衰老过程。用大蒜捣碎与面粉搅拌在一起，放置十个小时，洗完脸直接把大蒜面膜涂抹在脸上，促进面部血液循环保持皮肤长久柔嫩红润。我说这好，一斤大蒜够打发好几个星期的。妻子实施起来才知道这种方法同样令人难以容忍。大蒜放置十个小时后是什么味道，抹在脸上满屋子都是蒜臭味。连夫妻间的功课都受影响，哪还有情趣啊？妻子哭了，说嫁鸡随鸡嫁狗随狗，嫁给了你这个癞蛤蟆我就变成个母蛤蟆呗。

妻子花在脸上的精力少了，顶多是新鲜蔬菜下来时用西红柿、黄瓜、菜叶把自己的脸贴成个什锦大拼盘。妻子花在公司的精力多了，工作出色又荣升为副总经理。有同学见面悄悄告诉我，说我妻子在公司同老总有些暧昧。我不相信，妻子会看上那个快退休的老头子？没过两年，妻子公司老总退休，妻子升为公司老总，这也是我父亲退下来之前最后行使权力。妻子当了老总，家境也日益康富起来。妻子又开始排毒了，不过都是市场上最时兴的价格不菲的高级保健品，有许多还是从国外带回来的。妻子三十来岁的人，还像二十多岁的人一样年轻。妻子在外的应酬多了，她从来不带我，总是一个年轻的秘书小马跑前跑后地伺候。有几次妻子喝多了，是小马给背回来的。妻子的公司上市后，她更是春风得意，接触的都是市里的头头脑脑。一天，妻子忽然提出两个人要分开睡。说美国一个获诺贝尔奖的教授做过调查，夫妻同眠呼出的有毒气体对两人都有危害，尤其是容易使女方皮肤老化。所以西方夫妻都是 AA 制，各睡各的。客厅里支个小床，我就被 AA 了。我躺在小床上骂了一夜美国佬，你研究什么不好，偏偏研究男女在一起睡觉！我把苦告诉朋友，朋友说是不是把你 AA 了，同别人二合一了。无风不起浪，你得提防啊。终于有一天，一个阳光灿烂的午后，妻子对我说，看到一份资料，男女在一起，男人的年纪比女人的大就会汲夺女人的精华，使女人容易变老。你比我大两岁，我已经跟你快十五年了，也对得起你了。我们分手吧。就这样，我被妻子当做毒素堂而皇之地给排除了。不久，我原来的妻子就同小她十岁的秘书小马结合在一起，去汲取男人的精华了。

接　纳

芸是结婚后不再吃卤水大肠的。

芸白净的皮肤，高挑的个头，漂亮得大大方方实实在在，让人心颤，又容不得丝毫的邪念。那种漂亮不仅仅是你能感触到，仿佛你伸出手就能抓得住。和芸在一起，你会觉得请她喝茶都是对她美的亵渎，只有全市最典雅的葡京大酒吧才能与她的气质相符。偏偏，芸喜好吃俗得不能再俗的卤水大肠。

芸少年时得了一场病，高烧退去，吃啥都觉得口中无味。父母着急，变着花地做好吃的，芸都吃不了几口。那日，芸的一个乡下表哥进城办事，顺路来看看芸。芸围着表哥嗅嗅，说表哥带了什么好吃的东西？表哥有些发窘，说走得急，没顾上给表妹买东西。芸不信，从表哥口袋里掏出一个油腻腻的纸包，纸包里是表哥吃剩下的卤水大肠。芸就在表哥的惊愕状态下，狼吞虎咽地把卤水大肠消灭掉。从此，卤水大肠成为芸生活中幸福的美食。

芸是年轻男人追逐的天鹅。有才的有貌的有钱的有权的想方设法与芸套近乎，芸都看不上，用芸的话说是找不到感觉。芸在二十八岁成为老姑娘的生日晚会上，终于找到了感觉，也让芸的亲朋好友没了感觉。芸看上了一个在区文化馆画画的半大老头黑蛤蟆。天下的事真是说不清楚，黑蛤蟆新近丧偶，人家也没对芸有什么非分之想，拒绝了几次。是芸上杆子追那黑蛤蟆，芸读了黑蛤蟆在哪家晚报屁股上发表的一首酸奶果冻味的屁诗，被感动得一塌糊涂。芸迫不及待地就嫁给了黑蛤蟆，短得就没有什么值得回味的过程。唯一有带点味的回忆就是黑蛤蟆不再允许芸吃大肠。黑蛤蟆见不得芸把他认为猪身上最让人痛苦的部分当做最幸福的部分享用。

芸竟然同意了。

黑蛤蟆容不得芸吃大肠，黑蛤蟆自己却十分嗜好街头的一种小吃——油炸臭豆腐。经常可以在周末的夜晚，看到芸挽着黑蛤蟆的胳膊出现在老城八角楼附近，黑蛤蟆有滋有味地咂巴油炸臭豆腐串。黑蛤蟆可以一气吃掉五串油炸臭豆腐，还可以列举出吃臭豆腐的十大好处，并且能够从美学的角度赋予臭豆腐很高的艺术欣赏价值。黑蛤蟆有时吃得腻歪，就把剩下的臭豆腐给芸吃。芸开始时，吃过了就吐，看到黑蛤蟆难过的样子，就擦擦眼角的泪，说我再试试，好东西也不是一下就可以接受的。黑蛤蟆兴奋地搂着芸说是的是的，比你吃的那猪大肠要强几百倍啊。

芸有一次还是忍不住吃了一回卤水大肠。芸参加好友露的婚礼，露的父亲是一级厨师，拿手的绝活就是卤菜。露知道芸的爱好，特意让父亲精心调制了卤水大肠。看着色香味俱全的精美佳肴，芸禁不住诱惑，美美地痛快了一顿。芸提前赶回家，洗了三遍手，还刷了牙，可还是被黑蛤蟆嗅出了味道。黑蛤蟆一副痛心疾首的模样，把自己关在画室里画了一宿裸女像。芸好歹哄着黑蛤蟆，还专门买回了油炸臭豆腐，黑蛤蟆的脸才有了笑容。芸专门去卖臭豆腐的小摊贩和人家套近乎，讨教制作方法，回到家就试着做。芸做的油炸臭豆腐比街上的还好吃，黑蛤蟆开心地吃，芸支撑着下巴幸福地看着。黑蛤蟆忽然放下手里的食物，对芸说，你这种神态太美了。黑蛤蟆拿来画板，把芸克隆到了他的画夹中。这幅名为《幸福的芸》的画参加了省里的画展，还得了一等奖。黑蛤蟆一夜成名。

露带着家传的卤水大肠去看芸，一进门就捂住鼻子，臭豆腐的味道让她不能忍耐。芸笑着说，有那么严重吗，我怎么闻不出来？露说，你麻木了。当露得知芸把自己的爱好也牺牲了，大骂黑蛤蟆不公，要为芸抱不平。露大声嚷嚷，我的公主，你怎么能这样？芸平静地说，我爱他啊，爱一个人就该接纳他的一切，包括他的优点和缺点还有他的喜好。露就莫名其妙地搂着芸号啕大哭。

芸和黑蛤蟆结婚五年后，芸病了。芸病得这个世界竟然没有能力能够挽留住她。黑蛤蟆整天耗在医院里，一步不离地守候着芸。芸拉着黑蛤蟆的手，吃力地吐出一个字，肠。黑蛤蟆说，芸，我去，我去买你爱吃的卤水大肠。黑蛤蟆买回了大包卤水大肠，他夹起一块放到芸的嘴边，芸摇摇头，期望的眼神抚摸着黑蛤蟆。黑蛤蟆说，芸，你是让我吃？芸点点头。黑蛤蟆泪如雨下，大口大口吞嚼着说，芸，我吃，你看，我吃。芸灿烂地笑了，芸灿烂的笑化作了永恒。

阳　痿

　　小腹胀得难受，阵阵内急，当务之急是找到可以方便的地方。怪了事，明明原来有厕所的地方却不见了厕所，一帮人在吃火锅。捂着肚子往前跑，学校旁边是有厕所的，急匆匆往里钻，刚踏进一只脚又立马收回——男厕所里蹲着几个老太太。再跑，体育场内有公共厕所，也不知道多长时间没人打扫，厕所里肮脏泥泞粪便四溢，根本没有下脚的地方。一段残垣断壁下，顾不了许多了，褪下裤子，快，快，快啊，越急越尿不出来。远处已有人走来了，快快。哗——

　　木马一个激灵醒来，身下已湿了一片。娘哦，三十岁的人了还溺床啊。木马抖开湿漉漉的被子，竟有些不知所措。妻子说，去医院看看吧，有啥毛病也好早点治。木马愧疚地搂着妻子点点头。

　　大夫把把脉，让木马吐吐舌头，诊断结果：肾亏，阳痿。木马一脸沮丧。大夫说，这种病男的百分之四十都有，不过都是四十岁以后的多。药物治疗加以精神治疗最好，你要保持良好的精神状态。

　　木马的精神怎么也提不起劲。木马在剧团是有名的俊小生，扮相好，唱功也好，又是副团长。省城里的一个漂亮女大学生听了木马一场戏，就死心塌地地嫁给了木马。木马幸福得跟油锅里的鱼，怎么煎熬都没不快的感觉，只是夫妻间的功课总做不到位。

　　木马每天排完戏都要急忙赶回家的，这几天却留心看起街头电线杆上的治疗小广告。团里的壳子发现了木马的秘密。壳子是和木马一同进团的，没心学业务，和社会上一些小混混称兄道弟，演出时跑跑龙套，扮个妖魔鬼怪。木马劝过他，壳子说，现在靠唱戏能赚大钱吗？我得干成大事。壳子诡秘地对木马说，团长，我给你提供俩偏方，要不要？木马说，去去去，烦着哪。壳子说，真的，我姑父可是有名的男科医生。听着，用猪腰子加杜仲熬汤服用准行。木马将信将疑，还是照着试试。木马记不得吃了多少猪腰子，反正卖肉的小贩都认识他，老远就招呼，我这儿有新鲜的猪腰子。吃得木马一听到腰子就想吐。

壳子说，光药疗不行，我带你去洗浴中心，泡完池子，就把木马往包间里送，木马死活不肯。壳子说，广告里说：泡泡漂漂亮亮起来。你要不去，我可不客气喽。壳子搂着个女孩进了包间。木马心想自己仪表堂堂，在台上表现的都是充满阳刚之气的男人，台下却是个……那壳子要啥没啥，就是有用不完的精神头，三天两头地换相好。木马长叹一声：哎，苦——哇——！

周末晚，木马拥着妻子调节起情绪，想试试近期的疗效如何。还没进入状态，门铃就响了。壳子大包小包地进了门，团长，我给你送健康来了。看看，一流的补养品，还是进口的，包你把嫂子侍侯得舒坦。木马皱着眉，壳子有什么话你就说，别绕弯了。壳子两眼放光，团长，我掌握了内部信息，揪住了几个涨势股票。现在得大把吃进，可我资金不够。木马说，我手头也就万把块钱，要用拿去。壳子撇撇嘴，你那连零头都不够。咱团里账上不是有闲钱嘛，借我二百万，顶多两个月。赚了，分你一半。木马吃惊得瞪大眼睛，壳子，那可是咱团准备修建剧场的钱。挪用公款，别说二百万，二分都没门。壳子吃了个没趣，出门时揶揄地说，还称什么腰杆子硬噢。木马脸都气走了型，一脚把壳子拿的东西踢了个七零八落，对妻子说，把它给我扔到垃圾道去，我就是一辈子治不好也不稀罕。

三个月后，妻子惊喜地告诉木马，自己怀孕了。木马搂着妻子说，双喜临门，剧团修建剧场的批文也下来了。秋末的一个傍晚，剧团家属院内响起警笛声。木马扒着窗户望去，壳子被警察带上了警车。挺着肚子的妻子问木马怎么回事，木马说，没事，躺着吧，是救护车。

谁病了？

壳子。

啥病啊？

阳痿！

高叫你的名字

唉嘿，这不是高封总经理吗，怎么也到小摊上来喝汤啊？

我的高声叫喊，吸引了蹲在地上吱溜吱溜喝汤人的目光。

啊，肚子不舒服，喝碗汤暖暖。高封拍拍隆起的肚皮，坐到一只小木扎上。

喂，老板，快给高经理上碗热汤。要快啊，高经理忙着哪。高经理，听说你又揽到了通力花园的工程，好家伙，上亿的投资，你可以赚上两千万啊。这年头赚大钱的可不容易啊。喂，老板，汤快一点，高经理到你这儿喝汤是看得起你啊。我知道高经理总是到五星级酒店喝早茶的。

一群民工围到店铺前，嚷着加汤放辣椒。

喂喂，你们往旁边去，别往这边挤。没看见高经理在这儿喝汤吗？这帮人就是素质低，除了吃就知道钱，给钱什么都干得出来。高经理，你那两千万拿到手，还不把全市的打工仔吓晕了。

民工们把火烧馍一掰四牙泡进汤碗，不友好的目光横扫着这里的角落。

高经理皱着眉头说，你不喝汤？

我不喝，我爱转悠，反正也没啥事。我老远就看到了你的皇冠车，16888，一路发发发啊。别看你停在街拐角，呵呵我认识。

高总汤也没喝完，撂下碗走了。

高总您慢走哇。老板，你不认识他吧，那是宏发房产开发公司的高封总经理啊。我们熟着哪。

高封总经理的车已经没了影。

哟嗬，这不是高封总经理吗，怎么也来泡澡啊？

高封满脸不悦，啊，陪个客户。

嗨，什么陪客户啊，是搪塞嫂夫人的借口吧，哈哈。如今男人也不容易啊。我看高总可是每周来三次，没见有客人啊。

怎么，你跟踪我？

哪敢啊。我和这儿的老板是朋友，常来帮着招呼。高总还是要十八号梨梨小姐吧？那小姐水灵可人，活又做得漂亮啊。梨梨小姐可真逗，还一直把你叫马老板。

高封的脸色已经很难堪了。

快来人，招呼好这位马老板。叫梨梨小姐来。高总，其实你也没必要用个假名，这儿的小姐都是很讲职业道德的，不会出卖客人。哪像莱温斯基拿着克林顿的物证去验 DNA 啊。听报上说，南方有个记者专门从小姐手中收集客人用过的套子，还放到冰箱里储存，去敲诈勒索。我教导梨梨可不能做那缺德的事，给多高的价钱都不能干。梨梨，快点，马老板等着哪。

高封铁着脸转身走了。

哈哈，这不是高总经理吗，今天有空亲自来接孩子啊？往日可都是嫂夫人来接送的啊。

高封爱答不理的，我今天有空。

难得难得，你可是日理万机。

你在这儿干吗？孩子也在上学？

没有没有，我就是爱瞎转，反正也没啥正事。听说近段时间治安状况不太好，邻近几个市都发生了绑架儿童勒索案。你听说没有，S 市搞房产的一个老总，儿子被绑匪绑架要五十万，结果钱送到，绑匪还撕了票，惨啊，孩子才十二岁。高总，你的公子今年多大了？

高封扭过脸，不搭理人。学校门口等待接孩子的人多了起来，小商小贩也备足了精神向人们兜售廉价的各类小商品。

高总，你孩子的名字起得好，叫高昊。是如日中天的意思吧？小家伙长得真精神，像你。初一（5）班坐在第三排中间的那个小家伙，对不？学习挺好，还是班委呢。上周学校开运动会，我看到小家伙拿了个铅球第二名，对不？

你不去接孩子？

我那孩子不用接，离家近，出门就到。就是学校条件差，孩子也不好好学。前两天还和我闹着要转学，我说还想转学，连这学校的学费都快交不起了。

放学的铃声响了，人们开始往学校门口拥。

哎，高总，我看到你儿子了，高昊——你爸在这儿哪，你爸开着车来接你了，看到了吗——16888。高总，小家伙听到了。你的公子好认，眉心中间有块胎记，是有福之相啊。

高封一言不发，把儿子推进车里，自己也钻进去。临行时，摇下车窗，探出头对我说，明天上午到我办公室来。

是喽，你走好哇，我准时到。

第二天上午，我讨回了被拖欠了两年的工钱。

小不点

小不点长得干巴精瘦。队长把他往大块头跟前一推：他就编在你的组里了。

大块头瞪起眼：唉，队长，我们是计件吃饭，不能要光吃饭不干活的啊。

队长眼瞪得比大块头还圆：这队上干活你说了算还是我说了算？

大块头伸伸脖子，咽了口吐沫。

小不点直着腰板说：组长，我能干活！

能干你个头！大块头两手抓住小不点的腰，把小不点举过头顶放了出去，小不点像块砖扎到两米远的沙堆上。组里的弟兄见小不点满脸沙土的模样，禁不住哈哈大笑。

小不点扑拉扑拉脸上的沙粒，笑着说：组长，你给我下马威呢。

大块头脸上有了一丝笑容：好啦，干活吧。

队里的活起早贪黑，星星还没隐去，城市里晨练的人刚开始活动腿脚，队里就上工了。除了吃饭撒尿的时间，手里的活是不能停的。大块头派活是挺照顾小不点的，大块头派给小不点的活大都是零打碎敲，太出力的活从不叫小不点干。组里有人提意见，大块头脖子一拧：咋，不愿意？滚！小不点每天起得早，烧热了水给大伙洗脸刷牙。晚上收工吃完饭，大块头就带着大伙到热闹的市中心转悠，看看穿着时髦的姑娘小姐，评价几句过过嘴瘾。有时去看一些草台班子的廉价演出，节目咋样不知道，反正小姐穿得挺少。回到工地，大伙就兴奋得睡不着。大伙外出时，大块头总是留下小不点看门，小不点就乖乖地老老实实在家看门。只是有一天晚上，大块头带着大伙去看一个"草裙歌舞团"的演出，小不点也要去体育馆看全国散打冠军邀请赛。大块头捏着小不点的两只胳臂：好好看门，不然我把你给打散了！小不点像个玩具娃娃一般摔在草铺上。大伙嘻嘻哈哈走了。小不点还是跑去看了场比赛，回来就挨了大块头一巴掌。破烂的工棚还真的被小偷光顾了，好在没有啥值钱的东西，只有马大个子甩着哭腔说包袱丢了，里面有女朋友的照片。大块头冲着马大个子踢了一脚：装你奶奶个熊，谁不知道那是韩国的女歌星。马大个子揉着屁股：那也是人家的梦中情人嘛。

过了腊月二十三，工地就放假了。大伙收拾东西回家过年了，工地上就留下大块头和小不点看场。热闹的工地如冰冻了一般冷清，天一擦黑，俩人就钻进屋里，守着台破旧的黑白电视机消磨时光。屋外寒风狂吼，像迪厅里声嘶力竭的呐喊；风中夹带着零星的雪花，如呐喊中喷出的口水。大块头被尿折磨得受不了，才裹着棉衣往屋外跑。材料库门口，大块头看见有人在往一辆工具车上盘钢筋。大块头摸到跟前，吼了一声：干什么？找死啊！三个家伙并不惊慌，掏出亮闪闪的刀子围住了大块头。大块头腿就软了，说：你们也不能太过分。几个家伙把东西装上车，正待走，小不点不知从哪儿跳了出来：站住！大块头连忙拉住小不点：算了，他们走了咱报案。小不点的话在狂风中斩钉截铁：东西放下，人也别走。几个家伙挥着刀扑向小不点，大块头痛苦地闭上眼睛。撕打嚎叫金属撞击冲击着大块头的耳鼓，大块头感觉到小不点已被他们揉成了碎片：小不点啊小不点，好汉不吃眼前亏啊，你这是逞的哪门子能啊！组长，快，帮帮忙！小不点的喘叫声呼开了大块头的眼睛，三个家伙龇牙咧嘴地倒在地上。大块头拿了绳子把几个家伙像捆猪一样扎了个结实，向派出所报了案。民警做完了笔录，盯着小不点说：我怎么看你眼熟啊。你是不是参加过省运动会，散打拿过名次啊？小不点摆摆手：你认错人了。

大块头雪夜擒歹徒的故事在队里越传越神奇。队里开表彰会，给大块头披红戴花，还发了2000元现金。小不点和伙伴僻里啪啦地使劲拍巴掌，手掌都拍红了。

联 想

你以为开个买卖就那么容易，租间门面就能赚钱？那还不满大街都是百万富翁？父亲对儿子的建议摇头。

儿子不服气：商海流传一句话，富得快，搞专卖。开个专卖店，进货厂家打大折，卖出咱打的是小折。能不赚？

父亲很成熟地笑了：商海流传的话，连你都知道了，恐怕连小学生都知道了。现在专卖店流行的是垮得快，搞专卖，赚五毛，赔一块。

儿子没主意了：那你说，咱干点啥？

父亲的笑显得老道了：不管干点啥，都要事先考虑周全。要从一种现象看到另一种现象，从一个层面推断到另一个层面。要由此到彼，由表及里，运筹帷幄方能决胜千里。

儿子一头雾水：爸，你能不能说清楚点？

父亲拍着儿子的肩：给你举个例子。上个世纪二十年代，美国佬兴起了淘金热，成千上万的人涌到美国西部淘金。有一对夫妇也加入了去淘金的行列，在寻找金矿的途中，夫妇俩发现当地缺水，就引来一条小溪卖水。结果不管淘到金还是要淘金的都离不开水，夫妇俩很快就发了，成了富翁。

儿子点点头：明白了，爸，咱卖纯净水。

父亲的手落在儿子的头上：你个木脑子，我再给你说个例子。有个人想做生意，做什么好呢，他看到当地阴天多雨，就想到，雨多，用伞的人就多，用伞的人多了，伞坏的就多了，伞坏的多了，需要修伞的就多了，可当地没有修伞的工匠，他就外出拜师学会了修伞，结果就赚了大钱。

儿子说：爸，我懂了。做事前，要先联想联想。爸，你说，咱从哪儿联想?

父亲踌躇满志：当然离不开老百姓的衣食住行。

儿子：卖衣服肯定是不行了。搞房屋开发，咱也没那资本啊。卖车？咱还蹬着三轮拉人带货呢。开饭店？

父亲：衣服是张皮，没有孬好，不露肉就行；房子遮风寒，没大的住小的也中；车子是高消费，没几个人能玩得起，还是挤公交车的多。老百姓没有好衣服穿，中，没有好房子住，中，没有车坐，中，没有饭吃，中不中？

儿子：不中！人是铁，饭是钢，一顿不吃饿得慌。爸，你说咱开饭店？

父亲将着下巴上的几根稀疏的胡子：你数数就咱这条街上开了几家饭店？

儿子歪着头认真想想：不下十来家。

父亲瞥了儿子一眼：那还轮到你赚钱？

儿子迷糊了：那你的意思是啥意思嘛？

父亲：你要在开饭店的路上再联想联想啊。

儿子愁眉苦脸：爸，我要是有那么多的联想，我早就考上大学了。

父亲恨铁不成钢的无奈：我怎么生了你这么个没用的东西。你想想，都是啥人到饭店吃饭的多？

儿子兴奋了：多了，结婚生子，满月祝寿，晋升考学，搬家调动，求人办事，谈生意都得请客。

父亲脸上有了笑容：请客吃饭，有三多，知道不？点菜多，喝酒多，剩得多。你说每天饭店倒掉最多的东西是什么？

儿子：泔水啊，成缸成缸地倒啊。

父亲将着胡子不说话，沉思。

儿子：爸，你是说，咱，卖——泔水？

父亲脸怒：狗屁！人家饭店凭什么把泔水都卖给你？

儿子耷拉着脑袋不吭声。

父亲又耐着性子启发：饭店那么多的泔水都干吗用了？

高叫你的名字

儿子：那还用问，拉到农村喂猪了呗。爸，你是说，咱也办个养猪场？

父亲不屑地看着儿子：是你能吃得了那脏累苦还是你爸我能吃那脏累苦？你再联想联想，吃了那么好的泔水的猪会怎么？

儿子：那还用说，长得壮呗！

父亲：猪长壮了怎么办？

儿子：杀了卖啊。

父亲：卖给谁？

儿子：城市居民，宾馆饭店。

父亲：现在买肉的人都希望买啥样的肉？

儿子：那还用说，瘦肉呗。

父亲：可吃了泔水的猪只能长膘，能长瘦肉吗？

儿子：那怎么办？也不能控制猪不长膘啊。

父亲：笨瓜！可以让猪多长瘦肉不就是咱应该做的买卖吗？

儿子：对啊，爸，听说猪吃了一种叫瘦肉精的东西，光长瘦肉不长膘啊。咱做瘦肉精的买卖，投资不大见效快啊，做好了一年就发了啊。

父亲满意地笑了：知识就是财富啊，没有知识，不会联想，怎么能办成事业？

父子俩开始筹划做起了瘦肉精生意，很快就有了一笔小收入。父子俩又扩大经营地盘，准备大干一场时，买卖被工商局查封。瘦肉精喂出的猪有毒，吃出了人命，父子俩一同进了拘留所。

父亲对儿子说：都怪咱联想得还不到位啊，咋就没想到卖瘦肉精犯法坐监呢？

儿子：爸，当时咱不是光在钱眼里联想了，没工夫往外联想联想嘛。

父亲大彻大悟：如此说来，怎么联想咱也躲不过这一劫啊。

告诉你个新闻

告诉你个新闻，塔斯社得不到，路透社不知晓，绝对是独家新闻，独家消息，轰动全科、全局、全城的爆炸性消息。

好你个老姑娘，还假正经儿呢，倡导什么独身主义，三十四五的人了，长得比我那二十三岁的妹妹还年轻，皮肤细白得像蓝天上的白云，一双眼睛简直让你不敢与她正视，非摄去魂不可，这么个倾国倾城的美人偏偏在我们这个由大老爷们塞满的科里，每天也不知是哪些乌龟王八蛋死皮赖脸为她浪费邮票，给邮局增加负担。老姑娘对那些信拆都不拆。托人说情套近乎的事也是天天都有，有的还托我去牵线搭桥，真他妈瞎了眼，老子也三十好几了，还挨不上边呢。要说嘛，咱占着天时地利，在科里也还算个佼佼者，可老姑娘就没正眼看过我，从没对咱说过一句带点感情色彩的话。打招呼都是连名带姓，没点亲切感。我和老姑娘在一楼里住，她楼上，我楼下。我借故去她闺房两次，她就双手抱肩站在你面前，连杯水也不给你倒，让你就坐不住。我盼着她有个头痛脑热什么的，我也来点感情投资，或是出点什么交通事故，我背她上医院，可老姑娘活得比我还结实，骑车的技术更胜我一筹，回回下班，她总是比我先到家，后来我才知道，人家在学校时是赛车运动员。科里年轻人多，爱开玩笑，开玩笑嘛，自然有时把握不住分寸。那次又贫嘴，我借故拍了拍老姑娘丰腴的肩头，她杏眼圆睁：手脚老实点。弄得我好窘，几个哥们直吐舌头。嗬，假正经，我就不信你三十好几的大姑娘真那么正经。

告诉你个新闻，桃色新闻。我早就注意上了，科头与老姑娘不一般。好个老姑娘，科里四五个未婚哥们你不正眼瞧，却瞟上了有妇之夫科头，充当第三者。别以为我看不出来，科头与老姑娘桌对桌脸对脸，我几次提出照顾领导，跟他调换一下位置，光线好一些，他都没有答应，老姑娘说我是咸吃萝卜淡操心。哼，脸上一本正经，桌子下面谁知道会不会动手动脚？老姑娘倒开水，总忘不了给科头的杯子添满，我的杯子干裂了缝也没人管。有次我看见她端起科头的杯子"咕咚咕咚"干下一大半，呛死你！两人说话都是低分贝的，我支楞着耳朵也听不清楚，好话不背人。

这回可算是个头条新闻。上午，天上飘着霏霏细雨。下班回到家，你猜我看到啥啦？车子，科头的那辆吱吱嘎嘎的车子。别看那辆车子巧妙地躲在楼梯间一堆车子中间，我还是一眼就认出来了，车牌号223322，一点也不错。科头在老姑娘屋里。屋外秋雨绵绵，屋内柔情似水，这也太富有情调、太有刺激了。也不知哪门子邪火，烧得我在屋子里就是坐不住，想喊想跳想砸东西。楼上静悄悄的，没了老姑娘高跟鞋叩地板的咔咔声。越静越他妈不是好事。想到老姑娘和科头绞缠在一起的身影，我头都要炸喽。我要去敲门，要惊醒这对野鸳鸯的美梦，看你老姑娘还对我冷眼嘲眉，看我拍你肩膀你还敢说三道四？我敲门的拳头又急又重。老姑娘蓬头垢面，穿着一件拖地睡裙，薄得能看到女人里面护胸的玩艺儿。干啥？闹地震啦？门砸破了你会木匠活？你听听都到这份上了还嘴硬呢。我找个借口，问问下午是否政治学习。神经病！学不学上班就知道了，大中午影响别人休息。你听听，影响别人休息，别人，肯定不止她啦，休息，不就是睡觉？我溜眼看了，屋里光线很暗，肯定是拉了窗帘。让我逮着了，她还这么趾高气扬，关门差点碰着我的鼻子。

告诉你个新闻，特大新闻。我故意吆喝，要让各科爱听马路消息的灵通人士都来，我要举行新闻发布会，一下午就会把你老姑娘变成一泡臭大粪。科室的门开着，一定是小赵先来，啥事只要告诉了小赵，就等于告诉了新闻中心。新闻，新闻。怎么是你？科头，噢，科长，你怎么会在这儿？没见到你的车子呀？啥？老姑娘车子坏了，骑你的车子回去了？你中午就在科里加个班？她本来是想让我带她一段？都怪我今天下班蹿得比兔子还快。啥？我刚才吆喝新闻？噢，告诉你个新闻，咱省足球队在客场又输了，二比零，输得可真、真他妈的惨！

我被时髦撞了一下腰

我脸上重重地挨了一拳，仰身倒下之际，裆下又狠狠地挨了一脚。

我是公司的老板，公司是我开的，是我辛辛苦苦踏踏实实加上投机钻营创建起来的。我没上几天学，肚子里也没有多少墨水，但我手下有的是能人，有大学生，还有博士生，我最大的特点就是懂得用人之道。我手下也有一帮人，最铁的当数副总钢铁。

钢铁的名字挺硬，其实屁松。大学毕业分配去边疆，这小子怕苦硬是不去报到，在街上支起了个摊子卖茶叶蛋。那时我的公司刚办起来，跟穷光蛋也差不到哪儿去。一天夜里喝多了，肚子却没填饱，正碰着钢铁推着车子卖茶叶蛋，我一气吃了八个，然后说，我没钱。钢铁说，看大哥日后也是个成大器的人，吃我的东西是看得起我，啥钱不钱的。后来我还真发了，就把钢铁叫到公司做了我的副总。钢铁这小子脑瓜子活，点子多，公司很像模样了。钢铁最义气的是替我顶着偷税漏税的牌子，在号子里待了半拉月。

这段时间让我窝火的是生意越来越不景气，仓库里大堆大堆的货销不出去，真比死了亲娘老子还揪心，每天我从车间骂到办公室，从副总骂到销售员，骂个狗血喷头，销售额照样像被钉住了一样，就是不往上升。我找到钢铁，你这个副总负责销售，总得想个办法吧，都他妈这个熊样，我何必聘你们这帮乌龟王八蛋。钢铁说，长时间超负荷地运转，大家身心都有些疲惫，几年下来，大家共事多年难免有些坎坎坷坷，零零碎碎，人气、心气就不那么旺盛了。消除隔阂，消除怨气，增强凝聚力是当务之急。说得不错，可如何办呢？钢铁说，国外的经验值得借鉴。一些大公司为了消除员工对上司产生的怨气，在公司放置一些公司头头的橡皮塑像，员工有怨气尽可以对这些模拟上司拳打脚踢，破口大骂，气消了，心理平衡了，积极性也调动起来了。这个办法很时髦，虽然自己的模型被打，心里也不咋痛快，可事到如今也只好如此，不过，我还是留了个小心眼儿。

"心理调节室"建起来了，我和钢铁几个副总的塑像立放在里边，不过我是总经理，单独在套间里。不到三天，除了我的塑像完好无损，钢铁他们几个副总就已被员工打得缺胳膊少腿，狼狈不堪了。换上一套新像不足三天又被打得七零八落。我把几个副总狠狠训了一通，很明显嘛，你们瞧瞧，为啥我的像就没人去折腾呢？大家对你们的火气恁大，怎么能有个好心情做工，怎么能把生意做活呢？我要出去走访一下客户，半个月回来，如果生产销售形势还不转好，那你们几位也卷铺盖滚蛋。

我外出半个月，钢铁打电话说，销售形势大有好转，只是我的塑像已换过两次了。我不信，员工会对我这个老板有怨气，他们的饭碗难道不是我赐给的？回到公司，我悄悄钻进了"心理调节室"，果然，套间里的"我"被打散在地上，一条腿不见了，头颅上还吐了唾沫。正踌躇间，外面传来说话声，我进退不得，灵机一动，直挺挺地站在塑像的位置上。进来的是钢铁和公关秘书小曼。

钢铁说，小曼，这就是你出气的地方，想怎么打就怎么打。

小曼瞪着眼，哟，这怎么做的，简直跟真的一模一样嘛。

我不相信小曼会对我出手，平日我待她不薄，小恩小惠的也给了不少，当然小摸小捏的也有过几次。

钢铁说，小曼，你就别犹豫了，看我的。我脸上重重地挨了一拳，仰身倒下之际，裆下又狠狠地挨了一脚，这一脚是小曼赏的。

钢铁说：老板还在他屋里安了个监控，想看谁与他过不去。他前脚走，我后脚就把它给捣腾坏了。来，再给他几脚。

原来如此，哎哟！

不能让男人的想法得逞

　　小凤是个乖巧的女孩，说不上漂亮，却很耐看。一条黑粗的辫子时而挺在胸前，时而垂在背后，文文静静的。财会班里二十多个女孩，小凤最容易让男孩想法得逞。班里有个男孩家在农村，经济不宽余，每顿饭都是稀饭馒头就咸菜，从来舍不得吃荤菜。几个男同学就故意在小凤面前"痛说革命家史"，添油加醋地把那男同学的故事说得可怜分分，小凤两眼都泪汪汪的。一个男同学说，我总见他最后一个进饭堂，把有些同学吃剩下的饭菜打扫到自己碗里吃。谁要是有同情心，多打份荤菜放在八号桌。那几个同学又找到农村来的男孩，说学校为了照顾家里困难的同学，每天在八号桌放一份荤菜，保证学生的营养。那男同学开始不信，后来真的见每次八号桌都放着一盘荤菜。学校给的，不吃白不吃。有一段时间，小凤母亲生病住院，小凤请假回家照顾母亲。那男同学见几天都没有了"照顾菜"，便问厨师学校的"照顾菜"是不是取消了。厨师瞪着眼：啥时候有照顾菜？一个叫小凤的每天给你打份菜，我还以为你俩谈朋友呢。吃小凤"照顾菜"的同学叫来富。

　　来富吃了小凤的菜，就觉得小凤对他有意思，有事没事就爱往小凤那儿跑。小凤看着可怜巴巴的来富，就给他多打几份菜。来富的目的可不是在那几份菜上，学校是个中专，毕业分配是最难办的，毕业几乎等于失业。小凤的父亲在县里劳动局当局长，县里留下的毕业分配名额像金子一样珍贵。来富想通过小凤的关系留在县城。小凤说，我赞助你点营养菜可以，分配的事我可帮不上忙。说真的，我毕业了往哪儿去还没谱呢。来富就鼻涕淌过下巴，把家里的艰辛搓碎了往小凤的心上撒，小凤也鼻涕淌过下巴地陪着难过，答应到时候找父亲谈谈。来富心里明白，仅靠小凤和她父亲谈谈是远远不够的，必须有实质性的东西。来富策划了个生日晚会，把小凤的红酒掺了白酒，小凤就稀里糊涂地在来富的床上躺了一夜。小凤觉得自己是来富的人了，死缠硬磨让父亲把来富留在县城。来富趁热打铁，很快就把小凤折腾成了自己的新娘。新婚之夜，小凤才知道原来自己还是个处女。来富说，我哪敢啊，那是设的一计，万一你要告我咋办？

小凤和来富的小日子滋滋润润地过了两年，还添了个胖儿子。先是来富下岗，小凤通过父亲的老关系帮助来富办了个公司。来富脑子灵，心眼活，两年时间公司就办大了。来富劝小凤也辞职，在家专心伺家带孩子。来富生意越做越大，在家里呆的时间也越来越少，有时半个月也不回家一次。有人给小凤带话，来富在公司和秘书晴柔挺缠绵的，在外还买了房子。小凤不信，问来富，来富指天发誓没这回事，说这是有人看我公司发展得快，嫉妒我坏我的名声。小凤相信，把来富伺候得越发周到。一天，小凤接到电话，说来富突发急病在某小区，让小凤快点去。小凤急急忙忙赶到，推开门见到了赤身裸体扭在一起的来富和晴柔。小凤发疯般跑到伊河边，纵身跳进湍急的河水。把小凤救上岸的是小凤的同学木娃。木娃自己办了养殖场，在伊河滩还开了一片农场。木娃听了小凤的遭遇，对小凤说，来富在学校就是个投机者，你不是为这种人生的，难道你要为这种人死？那不是太便宜他了？要好好活着，为了孩子。木娃要帮助小凤办个养鸡场，木娃说资金我帮你筹，种鸡我这里拿，鸡蛋的销路都归我负责。

小凤和来富办了离婚手续，租了块场地办起了养鸡场。到了收鸡蛋的季节，小凤送到木娃场里的鸡蛋总是不够量。木娃说按你的鸡场规模，产蛋量还差得多啊，是不是你喂养方法不对头哇？小凤说我是按你教的方法喂养的，每天鸡都下蛋啊。木娃觉得奇怪，就到小凤的鸡场查看。见小凤把每只笼子里都关着一只公鸡一只母鸡。养了二百只母鸡二百只公鸡。木娃笑痛了肚了，说小凤啊，你没吃过猪肉还没见过猪走啊？五到七只母鸡配一只公鸡，你这不是浪费嘛。小凤认真地说，就得一公一母。只要哪只公鸡欺负了其他的母鸡，我就把它宰了送人。想一夫多妻呀，我绝不能再让你们男人的想法得逞。

小凤说这话时，眼里布满了杀气。

富　娃

　　富娃媳妇长得排场，村里后生嫉妒得眼红。富娃和媳妇一张床上睡了两年，媳妇瘪瘪的肚子就是圆不起来。后生又美得不轻，往一块扎堆瞎喷就拿富娃开心："你苦个球，恁美个媳妇都拾掇不住。把你媳妇借我，三天叫她想吃酸。"富娃不气也不恼："嘿嘿，眼气死你呢。"

　　富娃家在村里有房有地有牲口。祖上三代单传，富娃这辈儿又是蝎子放屁——独（毒）份（粪）。五岁不断奶，十二岁还穿一身红，敬得像富疙瘩。富娃十六岁那年豫西大旱，粮食绝收，乡匪猖獗。富娃家养有牲口，他爹心里就不安生。赶集时听人说乡匪是用土枪铁刀的多，轻易不敢去有快枪的人家缠事，便用十捆棉花托人换回一支"汉阳造"。

　　村里有个地痞二毛找上门，要借"汉阳造"到外面捞摸点东西。富娃老是为难，生怕枪有个闪失白瞎了十捆棉花，就瞒着爹带枪同二毛一起去，说定了只吓唬吓唬人不能真弄事。

　　俩人黑灯瞎火爬坡翻沟摸到一户人家院墙外。二毛攀墙头，伸脖子瞅了瞅："嗨，屋里有个闺女赤肚子洗澡呢。我去后院牵羊，你招呼着些。"说完猫一般轻捷入院。

　　富娃抱着枪，探起身想看看屋里的景致，枪管却碰翻了墙头上扣着的破瓦罐。屋里灯灭了，接着响起敲盆声，相邻住户也随即响起敲家什声，惊得人头皮发麻。

　　二毛兔子一样蹿过来："还癔症啥，放枪！"

　　富娃迷迷瞪瞪放了枪，听到一声女人尖叫。他俩腿一软，裤裆里就黏乎乎臭烘烘的。从此富娃就落得个屙稀的毛病，受惊受怕打鼓放鞭女人的高叫都会急得提溜着裤子往茅池跑，持不住劲屙在裤子上是常事。富娃爹求医寻药给儿子灌了不少药汤汤就是治不住。富娃折腾得骨瘦如柴。

豫西两年大旱，庄稼绝收，树皮都被扒光。这天晌午，富娃家来了一逃难老汉，老汉领着两个路都走不动的黄脸女娃。十个发面火烧馍，老汉把大娃留在了富家。经过半年调养，女娃出落得水灵灵的俊。富娃爹宰了两只绵羊，请村里人吃了羊肉汤泡馍，富娃就和姑娘拜堂入洞房。富娃颤抖抖解开媳妇的红肚兜，裸露出两只白晃晃的奶子，一只奶子上有块铜钱大小的疤。富娃一激灵，光着屁股就往茅池跑。以后也就不敢沾媳妇的身。富娃弄不出个娃来，村里人说富娃是"骡子货"。富娃爹长吁短叹，富娃却是不忧不愁日子过得乐呵呵。

乐乐呵呵的日子没过多久，小日本鬼子就折腾到了豫西。一日傍晚，小鬼子围住了村子，将几百老少赶到村口麦场上，说是失踪了个叫啥横七竖八的小鬼子兵，逼村里人交出凶手。挎着军刀的胖鬼子从人群里拉出富娃媳妇，撕开她的衣领，将闪着寒光的刀尖划在女人嫩白的乳峰上，一股股红的血顺刀刃滴淌。

"放开他，你狗日的人是我杀的！"人群中跳出了富娃。

胖鬼子歪着头看看富娃，不相信地晃晃肥头，抬了下手，刀尖又划向女人的另一只乳峰，乳峰上的疤痕在火光照映下格外显眼。

"小鬼子，我操你娘。"富娃吼着蹿上前去抱住胖鬼子竟一口咬掉他半只耳朵。胖鬼子猪一样嚎叫着，军刀捅入富娃的肚子。富娃瞪大了眼一口将血淋淋的耳朵吐在胖鬼子脸上，直挺挺向后倒下。天黑下来，小鬼子仓皇离去。

院当中支起一扇门板，富娃静静地躺在上面。富娃媳妇打来一盆温水，轻手轻脚揩掉富娃身上的血迹。富娃爹蹲在门口"吧嗒吧嗒"不停地吸烟。媳妇忽然叫起来："爹，你看，富娃他没屙，没屙。"果然，媳妇拿着的血裤上没沾一点污秽。

"娃，死得值过！"爹说，两行老泪缓缓流下。

"富娃——"媳妇扑在富娃冰冷的身上号啕大哭。

笑不如哭好

这是我的一次真实的经历。去年的夏季特别的热，人整天就像被罩在蒸笼里，大家调侃说每天都在洗桑拿。我的心情也如这闷热的天气一样，烦躁焦灼。不为别的，就因为我们这一茬的同学都道貌岸然地踏上了结婚的殿堂，有了卿卿我我的甜蜜小空间。参加了小猴子的婚宴，我成为唯一的单原子。小猴子搂着花枝招展的新娘得意地问我：歪哥，啥时候喝你的喜酒哇？我说喝你娘的头，丈母娘还不知在谁的腿肚里转筋咧。小猴子的新娘说：歪哥，我公司有不少好姑娘，我给你介绍一个。我说：我不要，我相信缘分。

缘分果真来了。我在商场闲转，对漂亮的女时装感兴趣。一位正在试衣服的女士引起我的注意，她一身淡绿色的连衣裙，秀发披肩，皮肤白皙，亭亭玉立。我在她身边徘徊，她似乎也很注意我，最要命的是她掏钱付款时竟然扭头对我嫣然一笑。妈呀，天上掉下个林妹妹啊。我马上还以微笑，而且我自认为笑得特灿烂，特妩媚，特煽情，嘿嘿特不要脸。我甚至恨不得把脸皮撕下来交给这漂亮的女士，她想要什么样的笑就扯成什么样的表情。漂亮女人对我的献媚没感兴趣，收拾好衣服径自出了商场。我失望到了极点，如同踏着梯子上树，就要够着桃子了忽然被抽掉了梯子。我目送她飘逸的长发由近而远，心也难受得如干瘪的茄子。就在我极度悲怅的时刻，奇迹又出现了，漂亮女人在迈出店门的一瞬，又一次回头对我微微一笑。我差点晕过去，她真的对我有意思！

我快步跟上女人，主动搭话：姑娘，你好。女人不答话，脚步却加快了。我喜欢这样矜持的女人，跟谁都可以套近乎的女人哪能让男人放心啊。今天的天气真不错啊，自己出来买东西，带的钱够吗？只要女人愿意，我立马把身上的251块四毛八统统奉献。女人进了一家女性商品专卖店，我也跟进去。女人在内衣柜台前挑选着乳罩内裤，我有些犹豫该不该上前帮助参谋参谋。店里的顾客都是女的，有几个陪同的男士都伪君子般地立在门外。我看过资料，乳罩质量的好坏可直接关系到女性的身体健康，过紧或材质不当都会诱发乳腺疾病。既然她把我带到这儿来，我就有义务为她负责。我走过去问卖货的小姐：这东西是什么材料制作的？小姐笑了：先生，你想要什么材料的？我说要环保材料的，对人体没有危害的。小姐咯咯笑出了声：先生，我们这里卖的都是绿色胸罩。我一扭头，身旁的女人已经走了，嘿嘿她还不好意思呢。我连忙追出去，女人已拐进路旁的公共厕所。我蹲在公厕门口耐心地等待，心里充满了对未来美好姻缘的憧憬。女人出来了，她已换了身衣服，就是刚才在商场里买的那一身，披肩秀发也盘到了头顶。怎么？考验我的眼力？呵呵，我想起春节晚会里的一个小品：你以为穿了个马甲我就不认识你了？我对女人说：你这一身打扮更具魅力。女人又是一笑匆忙走去，我也是紧追不舍。

女人脚步急快，在小巷里穿来拐去，像要跟我捉迷藏。我忽然冒出个念头，她会不会是个诱饵引我上钩，到时候有人抓我敲诈我？这种事报纸上可是经常登载的。我放慢了脚步，仔细观察着周围的环境。我放心了，因为一百米以外就是个派出所，大大的"110"报警牌子。我又跟上去，女人已进了一个小院。她推门进屋前，还是扭头对我璀璨一笑。我的心沸腾了，我大步走进院子，敲敲门：姑娘，姑娘，开开门，我来了。我把心带来了，我要把你的心带走。快开门啊。门开了，出来的不是姑娘，是两个虎彪大汉。我还没明白是怎么回事，脸上就挨了一拳，我满眼冒金花。大白天就敢明目张胆地调戏我妹妹，揍！我大声叫喊着，你们敲诈，我要报警。两个大汉一人架起我一只胳臂：走，我们正要送你去派出所！

派出所里，接警的民警听了我的叙述，看看我乌青的眼窝说：你啥眼神啊，人家哪是对你笑呢？那女孩是面部神经麻痹，都治疗了几个月了。啊?！民警问，你说怎么解决这事啊？我沮丧地说，怎么解决，我倒霉呗！民警嘟哝着，男人是怎么了，这事都是第五起了。我走出派出所的门，那漂亮女人就在门外，见我出来又是嫣然一笑。我的妈呀！

委 婉

　　典子找到我，悲切地说，草本的父亲出了意外，家里不敢告诉他，他父子情深，怕他受不了，让草本的女友典子想办法告诉他。典子红着眼说她无论如何也开不了这个口，托我和草本谈。你和草本是朋友，你告诉他，要说得委婉些。

　　如何委婉地将事情告诉草本，让我大伤脑筋，我是个喜欢直来直去的主儿。临阵磨枪，我找来一些相关书籍求教，一则外国幽默给了我启发。说是一位太太外出旅游，关心她家里的那只宠物波斯猫，便打电话问丈夫，家里的猫怎么样了。丈夫说，很不幸，它死掉了。太太说，你怎么能直截了当地告诉我，这样我会受不了的。你应该说，它爬上了树，又跳上了屋顶，不小心摔下来。那么你再告诉我，我母亲怎么样了。丈夫说，她爬上了树，又跳上了屋顶。我把这个故事讲给草本听，草本说，这个故事我早就听过。我说虽然是个故事，可现实中也真会有这样的事，比如说，你的家里……草本一瞪眼，你少说晦气的话，我们家人没人会上树。我说，当然，不光是上树，有的人突如其来地暴病。草本拍拍胸脯，我家人身体个顶个的棒。我妈跳绳、踢毽子，连小姑娘都不是个儿，我爸参加老年中长跑比赛，连续两年都是县里的冠军。怎么，你家里有人得了急病？我说我家没有，虽然父亲这两年患了脑血栓，但吃药治病已经稳定了，现在经常得点小病小灾的还好些呢。常言说病恹恹，活千年，怕就怕身体棒的。你就说美国女排运动员海曼，又高又壮的不就倒在赛场了。草本撇撇嘴，老外了吧，那是巨人容易得的马凡氏综合症，死亡率百分之八十，没救。我说世界上最不值钱的就是人啦，你说说，现在保护森林、保护耕地、保护江河、保护湿地、保护野生动物，啥都比人宝贵了，人可以再生嘛。司马迁说过，人固有一死，或重于泰山，或轻如鸿毛。咱平民百姓，一辈子也不图重于泰山也不能轻于鸿毛，只要平平安安问心无愧，一辈子也就值啦。人来世上走一遭，恋爱、结婚、生子，把儿女们养大成人也就差不多完成他的人生使命了。对老人只要孝敬他，关心他，让他感到了家的温暖，即使是老人去了也会感到欣慰的，儿女们也不必过分地难受。谁又能千年不死呢，那不成了王八了，千年的王八，万年的龟嘛。草本说，人来到世上就应该快快乐乐地生活。我们家就是个欢乐家庭，家庭快乐美满，生活质量高，人就可以健康长寿。我说是的是的，不过苏轼他老人家早就说过月有阴晴圆缺，人有悲欢离合啊。悲和欢总是连在一起的。一个彩民，回回买彩票，买得倾家荡产时，却中了个特等奖，500万元，结果兴奋过度，突发心脏病，死了。我的一个朋友，就是想开车，谁都拦不住。家里不给钱，他就去医院卖血交学费，考上了本子，结果放单没有两个月，把车开上了便道，一家三口让他撞得一死两伤，他自己也判刑入狱。世上的事最难说的就是突然，就是意外。假如说，被撞的是你家的人，是你的父亲……草本一把抓住我的胳膊，我再次警告你，不许拿我家开涮，尤其是咒我父亲！草本不理我，独自坐在床上喘着粗气。我咬咬牙，好吧，也别假如了，草本，你父亲去世了。草本疯了一样跳起来，照我脸上就给了一拳。好哇，我一直把你当朋友，你今天转这么大个圈来耍我，我不再有你这个朋友了。草本甩门而去。

典子找到我问，你和草本谈了吗？谈了。委婉吗？委婉。结果呢？

我抬起头，指着乌青的眼窝，结果都写在这儿啦。

将军印

两军对峙。

相距数里，看得见旌旗猎猎，闻得见战马嘶鸣，鼓乐号角。

将军以两万壮士对阵敌十万大军。

大帐外，两方叫阵的吼声排山倒海般雄壮，朔风劲吹，卷起飞沙走石天昏地暗。帐内，残烛下，将军屏气凝神，专心致志伏案涂墨，仿佛近在咫尺的恶战与己无关。

士兵来报——敌军距我五里路遥！

士兵又报——敌军距我两里路遥！

将军从容点完最后一笔，落下款，按上自己的玉印："两军交战，总要有个见面礼。替我送与对方元帅。"

黑衣卫士绝尘而去，直奔对方大营。

元帅接过士兵呈上的"战书"，展开观看，不由得倒吸一口冷气。

是一幅画。画面上是两匹鬃毛挺立、四蹄腾空、呼啸而至的骏马。那骏马露出大义凛然、视死如归、咄咄逼人的霸气。画面上墨迹已干，唯战马的双眼墨迹如珠，晶莹剔透，在烛光下熠熠发光，寒气逼人。大战之前，能心神不乱画出如此气势骏马的将军绝非等闲之辈，此将军手下的壮士定是视死如归，以一当十的勇猛骁将。元帅收起画，下令撤兵。

将军一画抵退十万官兵，传为佳话。将军的画身价陡增，成为争相收藏的珍品。

将军作画，总是在战前之时，在刀戟闪亮、战马嘶鸣中完就，画面永远是千姿百态的骏马。南征北战，转战千里，将军的画散留在大江南北。

一日搏杀阵中，将军被冷箭射中左眼，跌下马来。将军的黑脸卫士拼死厮杀，从刀口下救出将军，自己失去一条臂膀。

将军抚着卫士空空的袖管，说："你可以提出任何要求。"

黑脸卫士说："跟随将军征战十年，战役上千，只求将军伤愈后，能给我画一幅骏马。"

将军说："我会送你一幅最好的。"

将军伤愈，战事平息，将军解甲归田，过着乡野隐士的生活。没有了战火硝烟，将军再也画不出骏马了，索性封笔。

数年后，将军旧伤复发，双目失明。

闻将军双目失明，将军的画作价格猛涨。而伪作也借机泛滥，鱼目混珠。将军当年战场作画，大多没有盖印。有得到将军画作的人，就登门请将军辨别真赝。将军虽然双目失明，却能凭双手摸出画的真伪。尤其是骏马的眼睛，将军只一搭手就验出真假。真的，补盖上自己的一方玉印，假的便付入灶膛。得将军印者乃真迹。一时间，能得一枚将军印成了收藏者梦寐以求的事。

一日，一后生求见。拿出一幅骏马画请将军鉴别。病榻上的将军只搭手一摸，便递于身边仆人，仆人接过画就要往灶膛里放，后生急呼："且慢，且慢。将军可知请求鉴画者是何方人士？"

将军："何方人士与我鉴画真假有何干系？"

后生说："我父亲就是曾伴随将军征战的黑脸卫士。"

将军浑身一颤："你父亲现在可好？"

后生哭道："我父现已重病在身，可他念念不忘将军。他说将军曾答应赠他一幅骏马图。我知道将军早已封笔多年，已不能再作画了。为了了却父亲的心愿，我只得购此赝品，只求将军能网开一面，盖上将军印，我也好回去告慰父亲。"

将军长叹一声："也罢，你三天后来取此画。"

将军喝退家人，三日不食不寐，闭紧屋门。

三日过后，后生上门，将军将一画轴递于后生，说："一定要带给你父亲。"

后生接过画轴，磕头拜谢，告别将军。行在集市上，后生好生纳闷，难道将军真的为父亲画了一幅骏马不成？难道将军双目失明也能作画？好奇心驱使，后生忍不住打开了画轴，他吃了一惊：还是自己拿去的那张画，画的上方被写了个大大的"赝"字，旁边还盖有一枚铜钱大的红印。书生顿觉眼前灰暗，忍不住放声痛哭。

一富商经过，见后生问起缘故，看了后生手中之画，愿出五十两白银求之。后生欣喜，接过白银忍不住又问："一幅赝品，先生何以出五十两白银？"

富商说道："此画是赝品，但上面所题的'赝'字确是将军真迹啊。看旁边这枚将军印，定是将军新刻无疑，而印上还有人体纹络，据我判断，这枚印是将军在自己的左手大拇指甲盖上镌刻而成，所用印油是将军指上之血。真赝相对，浑然一体，此画价值连城啊！"

后生方才醒悟，急匆匆赶往将军家中。

将军已气绝身亡。

滑一刀

"滑一刀"是酒城有名的外科大夫,"滑一刀"的大名叫滑儿。

滑儿出身贫寒,儿时家境极差。父母辛苦勤做,勉强维持个不饿肚子。母亲操劳过度,在滑儿五岁的时候,得了重症。因无钱医治,只得在家硬挺。母亲临终前,捧着滑儿的小手,放在嘴边轻轻地亲着,说:"孩子,长大了当医生,给老百姓治病。"又对滑儿的父亲说:"再苦再难,也要供滑儿上学、读书。"父亲外出打工,把滑儿托付给堂兄。父亲做最苦最累最脏的活,只要工钱给得高。滑儿上学后,聪颖勤奋,成绩一直在学校里拔尖。考大学时,滑儿的成绩可以上最好的学校,可他却填报了一所医学院。他忘不掉母亲临终前那期待的眼神,他也知道,如果当年家里有钱,母亲是可以去医院做手术的。

滑儿大学毕业,成绩优异,保送做了全国著名医学教授魏征的研究生。毕业后,滑儿放弃了考博和留在京城任教的机会,申请回到了阔别多年的酒城。

滑儿分配在酒城医院。虽然滑儿是院里唯一的硕士生,但在论资排辈的医院里,滑儿只被分配去做些割阑尾、切包皮之类的杂耍手术。滑儿对什么样的小手术都极端地认真负责,对患者温暖有加,从不接受病人的吃请和红包。

滑儿参加工作第二年,出了一件事。当时省里的一位副省长到酒城农村视察工作,结果在崎岖的小路上发生了车祸,人被送到酒城医院时已昏迷不醒。病情危急,加之伤者的特殊身份,医院没人敢做主该如何处置。院长只得向市急救中心求援,可无论是把病人送去,还是等专家来人,都得有近两个小时的路程。滑儿是当班医生,查了病人的情况后果断地说必须立即手术，否则半小时后就来不及了。看到周围疑虑的眼光，滑儿自信地说，手术我来做，一切后果我来负责。

结果滑儿的手术做得很成功，从省市赶到的专家都啧啧称奇。病人也很快康复，临行时拉着滑儿的手说："我看你就是名副其实的滑一刀啊！""滑一刀"的名号传遍了酒城的沟沟坎坎。

酒城有了"滑一刀"，来找"滑一刀"看病的人越来越多。再重再难的病，只要让"滑一刀"划上一刀就能刀到病除，即使"滑一刀"划过一刀也没能留住患者，但患者和患者家属都无怨无悔，"滑一刀"每天都被手术安排得满满当当。有几次市里省里要调"滑一刀"走，酒城人都排起长队阻拦，患者在当街跪倒一片，声泪俱下。"滑一刀"也就留下了。"滑一刀"的手术越做越多，越做名声越大，传说也越来越神奇，就连省城的和外省的病人也慕名而至。

"滑一刀"的导师魏征专程到酒城来调研。魏征教授调阅了大量的病历，越看眉头锁得越紧。傍晚，已经是副院长的"滑一刀"陪着导师在河边散步，看着沉默不语的导师，"滑一刀"说："我知道老师不愉快的原因，有些手术是不需要做的，采取保守治疗的方案也会达到相同的目的。"魏征看了"滑一刀"一眼，缓缓地说："你只顾自己痛快地划一刀，可这一刀带给一些患者原本不必要的痛苦和负担，你就心安理得？""滑一刀"叹了口气，说："老师，我何尝不知道这个道理，可我手中刀子的名气已经远远大于科学的道理了。"

第二天，魏征和"滑一刀"一起查房，对一位从外省来的病人家属详细说明了病情和治疗建议，做手术意义不大，采取保守治疗更妥善些。没想到病人家属齐刷刷跪在"滑一刀"跟前，痛哭哀求，只要"滑一刀"给做了手术，什么后果他们都认了，不然就跪着不起来。魏征看着这场面，无奈地摇摇头。

没过几年，"滑一刀"的父亲患了顽疾。"滑一刀"向父亲说明了病情，建议采取保守治疗。父亲说："滑儿，爹知道你说得在理。只是，你要是不给爹拉上一刀，你就会背上不忠不孝的名声，爹不怕死，爹怕毁了你一世的名声啊。就算做做样子，你也得给爹划上一刀啊。"

　　"滑一刀"给父亲做手术时，手竟第一次发抖，虽然只是拉开一刀就又缝合上了。

　　"滑一刀"处理完父亲的后事，递交了辞职报告。没人知道他去了哪里，酒城留下的只有他手术刀的传奇故事。

朋友，你在哪里

贾兴一听到我的名字，就如一辆笨重的坦克向我扑来。

"老刘啊，你好啊，久闻大名，心仪已久，一见如故啊，老朋友。"

我被他粗壮的双臂箍得紧紧的，他那生猛海鲜般的胡茬子脸还贴在了我的腮帮子上。四十好几了，我还从没有跟个大老爷们如此亲密过，浑身不得劲，后背到屁股根都觉得发麻出鸡皮疙瘩。

贾兴对招呼签到的人说："把我们俩安排到一屋，我们痛痛快快聊聊。"

贾兴长得五大三粗，整个一个圆。走路时先要摆两下手臂，否则就发动不起来。这副模样实在是和文字联系不到一块，偏偏他也写小说。有几次，我和他的小说发在同一期杂志上，这次应邀来参加笔会也是因为我俩又在《烂漫》杂志上同时发表了中篇小说。

三天的笔会，我几乎被贾兴给承包了。我去跟一位从前笔会上认识的关系有点暧昧的女友约会，他也跟着，弄得我连想搞点小资情调的机会都没有。在会上，贾兴逢人就说，我和老刘是老朋友了，连我老婆和儿子都知道他，我们俩的作品常在一起发，缘分啊。

笔会结束后，贾兴意犹未尽，跟着我又到了洛阳。我陪他游了龙门、白马寺，吃了洛阳水席、浆面条。分别时，他眼圈发红，说我够朋友。他那胡茬子脸就又让我起了回鸡皮疙瘩，真受不了。贾兴说："朋友，有机会到我那去啊，我请你品尝大龙虾，还有海鲜一样鲜美的漂亮妹妹。我知道，这次开会我耽误你会情人了，哈哈哈。"火车开动了，他还探出头可着嗓门喊："你一定来啊，不然我可跟你急！"

其实，笔会上热热闹闹嘻嘻哈哈，过后新鲜劲也就风吹云般消散，谁也不会把几天笔会上承诺的事太当真。贾兴可不这样，每个月都要给我打一次电话，正经不正经地东拉西扯一番，挂线时总要强调一句："朋友，有机会来玩啊。"我也打着哈哈说一定一定。

事有凑巧，半年之后，单位还真把我派到贾兴所在的城市办事。公事很快就办利索了，剩下的时间就是游山玩水。原本不打算跟贾兴联系，自己转转省事还自在。可是来了一趟滨海，如果不同贾兴见一见，日后他知道了肯定会不高兴。我便拨通了贾兴的手机，电话里传出贾兴咋咋呼呼的声音："喂，朋友，你想起给我打电话了？泡情人泡腻了吧？最近可没见你发表什么东西啊。喂，朋友，你在哪？"

我说，远在天边，近在眼前啊。

"什么什么？你来滨海市了？"

我说，是呀，来品尝你的大龙虾和海鲜妹妹啊。

电话里的贾兴迟疑了一下："咳，朋友，太不巧了，我刚好出差在外地。你在滨海能呆几天？"

我说，两天，星期二就得回去。票都订好了。

贾兴嗓门又高了："不行，朋友！你等到星期三，我星期三无论如何赶回去，咱哥俩得喝一杯。"

我说，你别管我了，忙活你自己的事吧，有机会我再来。

我又给滨海报社的一位朋友打电话，这位朋友听我说贾兴出差了，说不可能啊，上午还见他来报社送过稿子呢。

我有了些别扭。

贾兴每天上午和下午都要来电话，问我都去哪儿玩了，吃什么好东西了，并热情地给我推荐游玩的地点，还说去了之后呢就找谁谁谁，就说你是我贾兴的朋友，他们不敢不给面子的。

星期二上午，我正躺在宾馆房间的床上看新闻。

贾兴又来电话了："喂，朋友，你在哪？"

我忽然就坏坏地说，贾兴啊，我已经在回洛阳的火车上了。

电话里的贾兴急了："喂，老刘，你不够意思嘛，说好了你等到星期三啊，我就怕你着急，事没办完就提前赶回来了，刚刚下飞机，正在回城的路上。中午的饭我都订好了，海天大酒楼噢。老板是我哥们，专程给搞的新鲜的龙虾啊，你这不是害我嘛。"

我说，哈哈，我和你开玩笑呢。没见你，我怎么能走啊。我就在迎宾馆 328 房间等你哪。

电话里的贾兴声调又低了："啊？啊，那好那好。一个小时之后，我们不见不散啊。"

我忽然觉得自己挺没意思，干吗嘛，两人一见面反而会失去更多的东西。

我打了车直接去了车站。

北上的列车缓缓启动了，我的手机又响了。

贾兴真的急了："喂，我就在迎宾馆门口，朋友，你在哪里？"

老街汤王

老街最明显的建筑就是钟鼓楼。钟鼓楼是用以报时和报更之楼，晨钟暮鼓。钟鼓楼所悬挂的大钟与距其三十里外的名寺白马寺所悬挂的大钟同时铸造，因铸造参数相同而产生共鸣，有了"东边撞钟西边响，西边撞钟东边鸣"的奇特景观。

在老街与钟鼓楼同样齐名的是距钟鼓楼百米开外的"马一鲜羊肉汤馆"。汤馆的主人叫马善明，长得脸宽口阔，慈眉善目，犹如一尊活佛。

据说马家羊肉汤馆的创始人就是明朝万历年间，在钟鼓楼打更的一个马姓更夫。老街的冬季干冷，马更夫便架起锅台，煮些肉汤填肚子驱寒。慢慢地，煮汤煮出了功夫。南来北往的人也常到他的锅台边讨碗汤喝，有的就告诉他一些煮汤的配料。马更夫索性辞去公差，开了家羊肉汤馆。马更夫的汤鲜香味美，名声传遍豫西，被赞为"马一鲜"。

老街人爱喝汤，早上以喝羊肉汤、牛肉汤、驴肉汤、臭杂干汤为主，晚上多喝丸子汤、不翻汤、豆腐汤。老街人每天要是不喝汤，就同犯了烟瘾一样没着没落的。在各种各样的鲜汤中，老街人大多还是喜欢喝羊肉汤，而羊肉汤馆里马一鲜又是汤中头一绝。马一鲜羊肉汤馆每天五点准时开张，一百五十碗汤卖完就打烊，一天也就个把钟点的生意。马一鲜羊肉汤馆每天的生意有限，因此，老街人要喝马一鲜的汤，也得起早不能贪睡。外地人只是知晓马一鲜的名气，能喝上一碗马一鲜羊肉汤的极少。

马一鲜的羊肉馆每天只做一只羊的生意，一只羊，一百五十碗汤。马一鲜羊肉汤讲究炖功，还有独家的汤料配方，出锅的羊汤浓郁鲜香，不带膻味，色白如玉，稠似乳汁。站在钟鼓楼上能闻到羊汤的鲜香，这羊汤才算炖出了锅。马家几代单传，到马善明，一气养下三个儿子，马老大，马老二，马老三。老街扩建，生意多了，各式各样的汤馆也开得多了，竞争也来临了。三个儿子都长大成人，老祖宗的这点玩意传给谁，让马善明有些为难。

老祖宗的东西总得传下去。马善明把三个儿子带到钟鼓楼上，用手指着远处自己家铺子的招牌，说，你们哥仨我谁也不向。明天开始，你们每人轮流一天掌勺，三天后看结果。谁中，谁就接手我马家的生意。

马善明把生意交给儿子，和老伴每天都到钟鼓楼上喝茶养神。

三天过去，马善明坐在堂屋里，三个儿子把各自经营所得全放在案桌上。马老二和马老三的收入明显比马老大的多。

马善明摇着蒲扇，说，这三天的生意我和你妈都有数。要说汤炖到了工夫，还数老大，只有老大炖的汤我们在钟鼓楼上嗅到了香味。老二老三，你哥俩炖的汤都还没有到咱老马家的味道，你俩的收成却比老大的好。你哥俩给我说道说道。

老二吭哧说，汤没有炖到工夫，可是省了一些煤钱。快收火的时候，又来了一拨客人，汤不够了，我就又兑了两瓢水。人家客人也没有说啥。

老三侃侃而谈，我看了看咱这街上的几家汤馆，他们给碗里配的肉都比咱的少。我就把每碗的料都减少了几片肉。咱这也是公平竞争嘛。

马善明也没再说啥，摇摇扇子，大家就散了。

马善明给三个儿子分家，其实就是分那一缸老汤。

三个儿子每人抱着一只瓦罐，站在那只大瓦缸前。马善明神情严肃，面对着一缸老汤，好似面对着列祖列宗的神灵。马家的这缸老汤不知流传了多少代。反正到马善明接过大勺时，就遵循着煲汤的家训。每天煤火上锅里的汤煮到火候了，要起出第一瓢汤倒入这瓦缸里，再从这瓦缸里盛出一瓢老汤兑入锅里，锅里的汤立马鲜香四溢。而这缸老汤如何养煨，只有马善明自己清楚，自己操作。

马善明一只大瓢轮流给三个儿子的瓦罐里分汤，剩下最后半瓢汤，马善明脸上挂出了几丝凄惨，说，祖宗流传下来的家业我都分给你们了，是生是灭，你们自己闯荡吧。说罢，将半瓢汤倒入了老大的瓦罐里。

老大留在原处，老二老三在西关、涧西开了新生意，一时间，马家羊汤红遍了洛城。

老街人的嘴刁，只要是老辈留下的东西，都能品出个名堂，对汤的品赏更是刁钻到了极致。你的啥子汤少放了什么佐料，熬得不够火候或者煨过了头都能品出，对店家说一道二。马家三兄弟的羊汤红了几年，老街人的口味又开始找感觉，还是喝马老大的汤感觉更适口更有回味。渐渐地，老街人就只喝马老大的汤，每天喝汤的人排成长队，马老二马老三的生意只能勉强维持。

马家弟兄闲时聚在一起谈论生意，马老大总是要教导两个弟弟做生意要诚信，要周到，要对得起过世的父亲。两兄弟便垂着头，闷劲吸烟。

马老太太临终前，把老大叫到跟前，说，老大，你厚道，为人诚实，你的汤好还因为你爹在分家的时候，多给了你半瓢老汤根啊。把祖宗留下的生意打点好，不难。把弟弟带好，不给马家丢份也是正理啊。

马老大把两个弟弟带到钟鼓楼上，用手指着远处自己家铺子的招牌，说，明天开始，你们每人轮流一天掌勺，看咱有没有本事名扬马家的生意。

马老大在钟鼓楼上喝茶，每天都闻到自家铺子里飘来的馨香。

一个月后，马老大把老二老三叫到一起，重新分自己的那一罐老汤。

老街寡妇

闲来转老街，一半看寡妇。在老街上闲逛的人，有一半是为了看寡妇，足见老街寡妇的名气和美貌了。老街的寡妇其实也就一家。街东头的狮子楼旁，一栋二层灰砖蓝瓦的小楼。小楼从上到下，大大地挂着一幅八米长一米宽的米黄色幌子，上写着"美寡妇杂货店"。杂货店的老板，自然就是大家谈论最多的寡妇黄花。

寡妇开店，在老街还是头一家。老街人大都是以开店经营小买卖为生，大大小小的老板满大街都是，唯独没有女人家开店当老板的。黄花嫁到美家不到一个月，丈夫就在外出进货的途中遇难身亡。看着年迈多病的公婆，黄花决定不再嫁人，自己开店。女人开店不吉利，满大街都是议论声。有好事的主还找到黄花的公婆，让他们阻止黄花的荒唐行为，别在咱老街上丢人现眼。黄花丢给来说事的人一句话：如果谁能给她的公婆养老送终，她立马走人；要是没有本事给二老伺候善终，就不用来放闲屁。

黄花的店开张了，索性连招牌也换了，就叫"美寡妇杂货店"，谁爱说谁说。店开了，生意还挺红火。黄花店里的货地道，价格公平，黄花待客为人也热情周到，关键是黄花人漂亮。去店里看看人家，走的时候总得掂点东西。

黄花店里的生意好，自然招来许多人的眼气，流言蜚语也多。今天传出黄花和这个有一腿了，明个又有人说黄花和那个勾搭上了。黄花听了不急不恼，漂亮的脸蛋露出俩酒窝，这老街上的汉子啊都和我好过，看他们还说谁去。黄花还专门和谣言较上劲了。

常有客户来送货，晚了，黄花就留客人吃饭，喝上几盅。晚上就会听到黄花的院门声，听到黄花送客的声音，慢走啊，再来啊。就有人传谣，说黄花半夜里和客户不正经。黄花也不恼，晚上就把造谣人的名字吆喝得半条街都听得到。被黄花吆喝过的主，第二天就会跑到黄花的店里求饶。

老街汉子们聚到一起就犯心思，这黄花究竟能看上谁啊。这么俊的女人，谁能和她困上一觉，真是他妈的福分。有人就打赌，谁能钩挂住黄花，狮子楼里摆一桌水席伺候。有好事的就去黄花的店里挑逗黄花，黄花也不计较，真真假假地跟他们斗嘴耍，总是把来挑逗的人整个没脾气。

黄花的心里头还真的惦记着一个主，八角楼下的"神刻张"。神刻张年近三十，一表人才，手艺也在老街上是一流的。神刻张每天去他的刻店开生意，都要经过黄花的杂货店。每次见到黄花在店外忙活收拾，都会尊敬地问候一声。遇到个进货的力气活，张先生都要帮手装卸。忙活完，就恭恭敬敬地和黄花道别，也没个多余的话。那天清晨，张先生在黄花的店门口，递给黄花一个纸袋，说，我看你记账收发货，也没个手章，就给你刻了一个。黄花拿出章，章的用料是上好的和田玉，"黄花"两个字刻得庄重浑厚。黄花从印章上看出了张先生对自己的尊重，给张先生鞠躬。

那天突降暴雨，菊花忙着收拾店外的杂货，张先生跑了过来帮忙。忙活完了，两人淋了个透湿。菊花把张先生让进屋里，找出先前男人的衣服给张先生换上。看着眼前俊秀文雅的张先生，黄花动了心，抱住了张先生。张先生紧张得浑身乱抖，连连说，使不得，使不得。推开黄花，夺门而出，又冲到暴雨中。黄花哈哈地笑，直笑得满脸泪水瀑布般飞下。

张先生的家里给他定的有娃娃亲，女的在乡下，比张先生大几岁。张先生虽然满心地不愿意，可拗不过家里的老人。那几天，老街入夜闲静时，就能听到黄花家大门的开启声，听见黄花脆生生甜甜的声音，张先生慢走啊，门又重重地关上。老街到处流传开黄花和神刻张相好的消息。张先生找到黄花，说行行好，你别害我成不成。黄花就抿嘴笑。有消息就传到了乡下，张先生的家人带着定了亲的女人来和张先生闹了一通，还在黄花的店前指桑骂槐。黄花也不气恼，还给人家搬凳子，沏茶。

老街人都说张先生和黄花要勾搭到一块了。可是，晚上再也没有听到黄花家的大门响。没过几天，神刻张也不见了踪影，有人看见他的铺子挪到涧西去了。

黄花的店还是热热闹闹地张罗着，老街寡妇的故事也越传越多，越传越神。黄花什么事也不曾发生过一样，精心打理自己的生意。静闲下来时，黄花就在一堆草纸上不停地盖章，盖章。

神刻张

神刻张也说不清楚自己是不是真的喜欢上了寡妇黄花。他把自己的店从老街搬到了涧西，心里就从来没有安静过。

神刻张大号张邈，年方二十八岁。以他的年龄能在老街闯出名声，冠以神刻，足见是有两把刷子的。张邈自幼聪颖，家境贫寒，无钱供他读书。村里的私塾先生十分喜欢张邈，便在学堂外教他读书识字。老先生也是篆刻高手，张邈就跟随先生学到了手艺。老先生过世后，留给了张邈一套祖传的刻字工器。张邈为练手艺，在村后的石崖上刻字，把一片石崖刻满了三字经。

张邈来老街闯荡时刚好二十岁。张邈的功夫在当地已经小有名气，想到老街闯荡可不是个容易的事。老街聚集了古城的名士贤达文人墨客，类似沾点文雅的店铺开张，都会受到他们的品头论足。如果被这些人臭一通，那你的生意就清淡得差不多要关门了。更不用说，早在老街立住脚的同行撬斗，老街人固执，爱逛老店，不太凑新店的热闹。

张邈的店刚开张，就来了一个客户，一身长衫，头戴礼帽，架着一副眼镜。坐下喝了客茶后，从怀里取出一个红布包包，小心翼翼地一层一层慢慢打开，露出个精致的缎子面木盒，轻轻地掀开盒盖，又是一个红布包。客户把红布包置于掌心，并不急于打开，站起身对张邈说，看到你新店开张，想必是功夫不瓢。我这活不知先生接是不接？

张邈双手一掬，您是我小店开张的第一位客人，感激不尽，岂有不接之理？

客户这才慢慢揭开红布，拿出一粒绿豆般大的白玉，这可是我家祖传的一块宝玉。我用这块玉要刻一枚私章，这是我的名片。

张邈接过名片，客户的名字是瞿衢钁。张邈知道，遇到上门滋事的了，一定是老街上的同行所设置。

客户又说，我家这块祖传的宝玉，怕光，先生在篆刻时切记不能开窗开灯。

张邈说，玉月有缘。今晚正是十五，我在月下为先生制作此章。先生明日可来取货。

客户说道，好。明日开店，我与老街三大贤达同来验货。言罢起身走人。

皓月当空，树孤影单。张邈的身影在院中时长时短。

第二天一早，张邈的店门刚打开，门外已经等候着昨日的客户。

张邈将客人引进屋内，捧出一个缎面纸盒，从中拿出一个指甲盖大小的石盒。仅石盒就令来客惊奇，小石盒精灵剔透，上面还刻有龙凤图案，更绝的是，石盒上还带着一把小石锁和一把石钥匙。用钥匙打开石锁，里面安逸地躺着那枚小小的玉印。客户小心翼翼地捏起玉印细观，只见字是篆刻在玉石通体表面。张邈拿出印泥，把玉印在上边蘸蘸，又递过一方宣纸，玉印放置于宣纸上，食指轻轻按住玉印，慢慢一推一滚，瞿衢钁印四个字便跃然纸上，小篆秀逸婉丽，灵动多姿又规整肃然，道劲浑穆，洋溢着秦汉风韵。

客户叹服，连连称赞，神刻，神刻啊。

"神刻张"便在老街叫响。

张邈在老家乡下爹妈给定下一门亲事，张邈老大的不愿意也没有办法，只好拖着，也极少回家。

张邈在老街做营生，心静神安，可是自从见到了寡妇黄花后，心神就不再安静。老街人都传说黄花生活作风不好，有时半夜深更能听到黄花送相好的吆喝声，正经人家是不与黄寡妇来往的。张邈就是放心不下，借故去黄花店前转悠，看到黄花安逸的笑容，张邈浑身都透着舒坦。张邈借故给黄花刻了一枚印章，那印章细看方能看出带有心字形状。张邈知道自己和黄花难走到一起，可是扯不住，想。

张邈的母亲知道了儿子相中了老街的寡妇，又哭又骂，以死相逼。

张邈为了避开黄花，把店从老街迁出，安在涧西。店搬出了，心思却挪不动，人也常走神。接手活不多，还出错。

那日，老街"马一鲜"羊肉汤馆的老板马善明来找"神刻张"，请张邈把祖上留下的牌匾修补缮新。见到张邈魂不守舍的状态，马善明说，都说你和黄花有点事，到底是哪门子事？

张邈说，没事，确实一点事都没有。

马善明说，我去过黄花的店，看到她总在那包装纸上盖印章，是你给刻的章吧？你说你们俩，要好就大大方方地好，要不好就立马两断。就这么拖拉着，对你们不好，对老街也不好。你一个大男人没有啥，人家一个寡妇，不容易啊。

张邈就去了老街，告诉黄花，自己要回乡下成亲了。

黄花捋捋鬓角，说，成了亲，店还搬回老街吧。生意，还是老街好做。

张邈说，黄花，晚上，你能吆喝我一回吗？

黄花有些恼，怎么，你相信街上的传言？

张邈说，我不信。我就是想亲耳听你吆喝我一回。也不枉我俩……

月夜，老街定格了一般地安静，月光洒在青石板上，泛着冷冷的光。

张邈站在黄花家的门外，黄花，我走了。

门开了，黄花对着空空的街道，柔柔地喊道，张邈哥，还来啊。

门重重地关上。

门里门外两个人已是泪水滂沱。

胡一哥

也算是突发奇想，我出差路过邻省的青冈县，忽然想去看看胡一哥。组稿任务已经完成，还有几天空闲。多天的旅途奔波，说好话陪笑脸地去和名家约稿，从身体到精神都是一种折磨。青冈县山青水绿，心中不快的阴霾忽然间被过滤了一般，心中陡然间清澈了许多。于是，我决定下车去看看胡一哥。

胡一哥是我们杂志社的一位作者，住在青冈县最偏远的山村。搭上三轮摩托车，摇筛子一般地颠簸了两个多小时，到了山脚下，开摩托的师傅往前边指着说，你就沿着这条小路，它咋拐你就咋走，拐过八个弯就看见八拐村了。我这车也上不去，要不就多送你一段路。

踏上山间小道，别有一番风趣。路程不算短，却没有感觉到疲乏，心情好的缘故吧。也不知道拐过了几道弯，看到绿树遮掩下的小山村时，太阳已经躲到山下。八拐村不大，也就十几户人家。我的到来称得上是小村里的大事了，尤其是胡一哥，把我说得天那么大，好像我居住的那个城市就我一个人。想想也是，城市的人再多，与这里的村民有何干系，只有我与这里的村民有了联系。胡一哥是村里最有能耐的人，只有胡一哥才和大城市里的人有来往，胡一哥的能耐都是我这城里人给的，我就是大能耐。村里的人几乎都来到胡一哥家，小村的民风很淳朴，不管谁家来客人，都会送去家中最好的物品。胡一哥的家里就堆了些瓜果山菌之类的，还有一瓶矿泉水，我看看日期，早过了保质期。

胡一哥在我面前显得手足无措，不停地往我的跟前放食物，摊了一桌子。胡一哥说，做梦也没有想到，老师会不远千里来到穷山村看我。我有福啊，有大福哩。胡一哥在我们的杂志上发过两篇小说，都是我做的责任编辑。我是从自由来稿中发现胡一哥的。他的小说语言不华丽，技巧也不娴熟，可浓厚的生活气息和淳朴的山村逸事令人耳目一新，就像一位农村少女，虽然土气却掩不住她的天姿风采，稍加装扮就会光彩耀人。我就给胡一哥写了信，提出了修改意见。联系了几次，觉得胡一哥的稿子还是改的不到位，就问他有没有电话，交流起来也方便些。胡一哥回信时，写给了我一个小灵通的号码，说是一个朋友的，只让他接，不让他打。我就照着号码拨过去了，接电话的人听说是找胡一哥的，就让我等着，二十多分钟后，听到了胡一哥气喘吁吁的声音。我听出胡一哥在电话里的声音很激动，我跟他讲了十多分钟，最后问他听明白了？他嘿嘿笑着说，没有记住。我只好又给他讲了一遍。

胡一哥对我毕恭毕敬，让我觉得不自在。其实现在谁还把文学当回事啊。我们这刊物靠财政拨款半死不活地养着，除了同行交流，几乎就没有订数，几千册的印数影响的范围比萤火虫的屁股也强不了多少，也就是糊弄糊弄文学青年了。名家的稿件是不愿意给我们的。每年组稿就成了中心任务。做市一级的文学期刊的编辑，没有什么人把你当回事，只有还做着文学梦的青年，就像胡一哥还把我们当神一样供着。胡一哥羞涩地告诉我，因为他发表了小说，已经加入了县作家协会。他说，自己去找县作协时，人家根本就不相信是胡一哥发表的小说。县作协的主席也才在市里的报纸上发表过几首小诗，就耀武扬威地到处给文学青年授课了。胡一哥拿出了他和我的通信，作协的人才相信，说这是青冈县第一次有人在文学刊物上发表小说。不但立即给他办了入会手续，连30元的会费也给免了。县作协的人还承诺，下次邀请胡一哥一起去给文学青年讲课。几篇文学作品就可以改变一个人的命运这样的事，搁在十几年前还算新鲜，也只有在这样的穷山僻壤的地方还会继续延续着美丽的童话。

晚饭十分的丰盛，炖野兔野鸡，山菌野菜，玉米糁粥，自家菜地里采的小葱、生菜，自家做的香喷喷的豆瓣酱，喝的高粱酒也是农家自己酿制的，干冽醇香。我都回忆不起来此前我是否吃过比这更让人垂涎欲滴的佳肴。用句文雅的词叫大快朵颐，痛快得淋漓尽致。胡一哥看到我的吃相，急促不安地说，山里拿不出啥好东西，老师别见怪。胡一哥以为我是装出来的吃相在安慰他呢。

山村的夜异常寂静，不知名的草虫轻轻地鸣叫，偶尔夹杂着一两声晚归的鸟啼，把山村的静呼唤得更远。山村还没有通电，家家盏盏油灯摇曳，如同山间随意散落了一把星星。远离了城市的喧嚣，没有了情妇般扭捏做作的灯红酒绿，近乎原始状态下的山村的夜，竟然让我品味出阵阵的感动，如滑过肌肤的缕缕清风，让人每根汗毛都感受到惬意舒坦。我一直坐到身上感觉凉了，才回到屋里。油灯下，坐着一位姑娘，是胡一哥的妹妹胡二妹。我问二妹，怎么还不休息？二妹低着头，细声说，我是来陪老师休息的。我吃了一惊，这怎么可以，胡一哥也太不像话了。二妹说，哥不知道。老师是哥的恩人，也就是二妹的恩人。对恩人是要报答的。我被山村人的真诚感动了也吓着了，以身相许的报答还只是在文学作品里才有的事情。

我好说歹说才劝走了二妹。山村的夜入睡了，我却一夜未眠。

胡二妹

胡二妹是胡一哥的妹妹，一位漂亮的山村姑娘。胡二妹的美是没有雕饰过的那种原生态的美，那种美会让你只专注了欣赏和呵护，而没有非分和邪念的蛊惑；不像城里的女人，美丽是现代化物质堆积出来的，男人对她的欣赏是情欲占了绝大部分。胡二妹的周身散发着令人痴迷的野花般的体香，与你说话时嘴巴散出的味道都是清新绿色，不像城里的女人，远远就能闻到让人窒息的香水味，满嘴巴都是用口香糖清理过的。

胡二妹被我看得不自然了，水灵灵的大眼睛忽闪着，说，老师，干吗总看我啊。我笑了，说，我不是看你，我是看到了久违的美丽。胡二妹说，我不美，城里的女人才美哩。我告诉她，她的美是创造的美，城里女人的美是复制出来的。二妹听不明白，但是知道我是夸她，羞涩地笑了，白玉米一样的牙齿整洁饱满。

二妹是胡一哥的妹妹，胡一哥给我们杂志社写过小说，我是他的责任编辑。在僻壤的山村，报社和杂志社在农民心中是很神圣的地方，从神圣的地方来的人也都是很神圣的人。二妹晚上竟然要以身相许，报答我对他哥哥的恩情。虽然二妹被我劝走了，但二妹哭了。

山村的早晨和它的夜晚一样的幽静，增加了的是更多的鸟鸣。山脚下，一条山溪玉带般弯弯曲曲流向山外。我来到山溪边，看到了正在溪边洗衣服的二妹。二妹穿着一件蓝底白花的夹袄，把长辫子盘在脑后，婀娜的身姿有节奏的轻盈晃动，莲藕般的手臂熟练地麻拧着衣物，衣物上的水珠珍珠般闪着光泽洒落溪水中，真美。二妹见到我，羞涩地笑笑，看得出，她还有些不高兴。我蹲下身子，举起澄澈的溪水，痛痛快快地洗了脸。

多么柔顺的一条小溪啊。我蹲在二妹的身边。二妹递给我一条毛巾，拢拢额前的刘海，说，要是遇到暴雨山洪，山溪跑起来吓人哩。二妹告诉我，她父母因病去世得早，她是跟着哥哥长大的。哥哥把所有的心思都放在妹妹身上了，快三十的人，还没有张罗媳妇。二妹说，她十岁那年夏天，山里下着暴雨，雷电满山的劈。她急病发烧，浑身烫得像刚烤出的山芋。哥背着她去镇上的医院。小溪已经变成了一条翻腾的青龙，木桥早被冲得没有了踪影。太危险了，她哭着劝哥哥不要去医院。哥哥把一根绳子系在腰间，另一头捆绑在溪边的一棵大树上，对妹妹说，待在家里只有等死，要死咱也死一块。哥哥紧紧地抱着二妹，不知被洪水冲倒了多少次，身上不知被山石磕碰划伤了多少处，终于渡过了山溪，把妹妹送到了医院。医生说，再晚一点，小姑娘的命就保不住了。

二妹说着还是显得激动，为了哥，我做什么都值。二妹是在说昨晚的事吧。我说，就是为了报答哥哥，那样做也是不值得。二妹认真起来，停下手中搓洗的衣物，说，值得，咋不值得。我从来就没有看到过哥是那么的高兴。那天，哥拿着你们出的那本书，高兴得满村子跑，晚上请了全村的人到家里喝酒，哥给村里人读他写在书里的小说，哥从来不喝酒的，那天他喝得都吐了，说你就是他的大恩人。我说，我是编辑，就是专门负责给人看书稿的，这是我的工作。小说是你哥写的，那是你哥哥的本事。二妹说，我哥说了，没有你的帮助，他长不了本事。

我摸出手机，一点信号都没有。

二妹瞥了一眼我的手机，用手指着远处说，那玩意在山下不好使，要打电话得到山头上去。

我说，那你哥是怎么接我的电话的？

也是要到山头接的。山顶有个看林的人，他的手里有你拿的那种电话。我哥说老师要在电话里辅导哥写小说，哥就扛着一袋核桃去找看林的人，哥给你留的号码就是看林子那人的。

是吗，怪不得每次给胡一哥打电话，都要等上好长时间。

我问，看林子的人怎么通知你哥去听电话呢？

二妹说，看林子的人有个铜锣，他敲锣，我哥就知道了。

我觉得挺有意思，用古老的击鼓传花的形式与现代化信息融合到一起，显示出山民的智慧呢。

正说着话，隐约听到了咣咣的敲锣声。我问，这是不是叫你哥哥哪？

二妹收拾起洗好的衣物，撅起红润的小嘴，说，不是。晌午，我给你擀豆面条吃。

我回到院子里，看到蓝底白花的小袄在山间往山顶上移动。

二妹回到小院时，满脸的不高兴。我故意逗她，二妹，是不是去会相好的了？

二妹杏眼一瞪，呸，他才不是我的相好呢。

不是相好，还跑那么远去看人家啊。

二妹用力地揉着面团，说，自从看林的人让我哥听电话，他就提条件，要我也去陪他说话，他说，整天一个人，连说话的人都没有。

我好像明白了，刚才那锣声是叫你的？

是，叫我哥叫我的锣点不一样，你听不出来，哥也不知道。

这个看林人倒蛮有意思啊。

二妹脸红了，说，看林人，不老实，有时就搂住我亲我的脸，还动手摸我的胸脯。为了哥，我忍了。

吃过饭，我与胡家兄妹告别，又听到山头传来声声铜锣声。走过胡家兄妹的视线后，我拐道向山头盘走，我要去会会这个看林人。

看林人

我决定去会会这个看林子的人。爬上山头，我已经是汗流浃背，两腿就跟不是我的了，不听使唤，挪不动地方。我只好坐在一块石头上直喘粗气。

山下没有风，山上的风就大了，还凉。汗湿的衣服贴在身上，风一过如贴了冰。从山顶向下望去，围在山脚下的不只是胡一哥他们的村子，还零星散落着七八个村子，村子的规模都不大，十几户人家的样子。过了晌午，山阴面的村子着了重彩一般，墨绿厚重；山阳的一面村子打了亮色，明媚娇艳。看林人每天有这般好风景陪伴，我心生羡慕了。

山顶红砖盖了两间简易的小瓦房，房子四周还扎上了围栏，围栏内种着好几样蔬菜，每块菜地都能看出是经过精心修整的，稠密稀疏，错落有致。

看林人是听到外面的动静了，推开木板拼凑的屋门，走出来。

你是谁啊，干嘛？问话的人中等年纪，稍微有些歇顶，长得不像我想象的那么恶劣，看上去还蛮忠厚的。

我说，我是杂志社的记者，出差路过，来看看。

看林人有些生疑，到这大山沟里出差？

我拿出记者证给他看，他仔细地看过，递还给我，刘记者，屋里坐吧。

屋里的光线很好，收拾得也挺利落，看得出主人对生活的认真态度。

喝茶，我姓么，叫我老么就行。

这个姓很少见，老么叫着也别扭。

我递给老么一支烟，就你一个在这山上住？

老么点燃了烟，深深地吸了一口，又长长地吐出，说，原先还有媳妇，跑了。

生活条件太艰苦了。我说。

能算艰苦？住在山上，四季可以种瓜种菜，林子里可以采蘑菇，采山珍，野兔山鸡有的是。白天看风景，晚上搂着女人摸着女人的奶子睡觉，公家给发钱，多自在。你说，能算艰苦？

我也点燃烟，听老么说。一个人长年累月地在山上生活，最渴望的就是与人交流。我听老么说。

我那媳妇也是村里的美人坯子，跟了我也是她们家的福分，找个公家人，吃公家饭的，容易？她家连彩礼都没要，上赶着把姑娘嫁给我哩。你喝茶，喝茶。

我端起豁了边的碗，抿了一口。清新微苦。

老么说，这是山上自产的茶，清火去热，滋肝养肺的。前年，来了一个放蜂的南方人，说话蛮里疙瘩的，脸长得白。那小子还会做饭，把个野菜也炒得喷喷香。熟悉了，来往也就密了，那小子知道外面不少新鲜事，就把我媳妇听迷糊了。我下山去镇上办了两天生活，回到屋里，放蜂的人和我媳妇都不见了。给我的屋里留下了两罐蜂蜜。没有了女人的日子，还真他妈的不太好受。

我看到了墙上挂着的那面锅盖大小的铜锣。听村民说，你的锣敲得很地道。

老么又警觉起来，你怎么知道？他们说啥了？

我说，八拐村的胡一哥说你敲锣告诉他听电话，他挺感谢你啊。

老么笑了，说，这里八九个村子，就我这儿能有信号。

我看到木板拼成的桌子上，放着一部样式过时的手机和一堆电池。

我们这儿没有电，每次去镇上办生活，都要充好几块电池，够用十天半个月的。胡一哥可是用我电话最多，通话时间最长的。

我说，胡一哥是我们杂志社重点培养的作者，是个业余的作家。

老么说，是吗？怪不得每次来听电话都听他说什么情节啊，人物啊。敢情他还会写小说，不简单啊。

是啊，胡一哥是很有发展前途的，现在已经是你们县作家协会的会员了，将来总是要走出这个大山沟，成大事的人。你也算是为作家的成长，助了一臂之力的人啊。

是啊是啊，我最佩服有学问的人。你说，要是我也有学问，知道的事多，我媳妇会跟放蜂的跑了？

我又递给老么一支烟，点上。老么啊，听群众反映，你的锣声好像还招呼其他的事啊。

老么怔了一下，说，记者同志，你不会是来采访这个的吧？

我说不是，胡一哥是我们重点关注的作者，对他家里的情况我们比较关心和了解。听到些反映，来了解了解。

老么说，我看胡二妹对他哥真是尽了心，就对二妹说，我可以让她哥来听电话，但是二妹有空也要来陪我说说话，我是敲锣招呼过几次胡二妹，可我就是让她陪我说说话，没有别的意思。

真的吗，老么，好像还不只是聊聊天说说话啊。

老么脸红了，那天我是多喝了点酒，对二妹动手动脚的，那也是酒兴。我哪敢犯心思啊，人家是黄花大姑娘。我再也不招呼她了。

我把老么忽悠得差不多了，说，老么，我代表杂志社对您给业余作者胡一哥提供的方便表示感谢，希望你以后一如既往地继续支持我们文学事业的发展。

老么紧紧握着我的手，说，谢谢记者领导的鼓励，我一定做好，一定做好。

老么送我出屋，我又环顾了四周的小山村，说，老么，你的锣一定还招呼自己的相好吧？

老么狡黠地嘿嘿笑了，山里的婆娘，爱到林子里拾点便宜，有时我睁只眼闭只眼，互相帮助，互相帮助。

我走到山脚下时，又听到老么的锣声，又在招呼哪个相好的吧？我加快了脚步，天已经见黑了。

精致女人

贤约我第一次见面的地点一定是经过她精心设计的。

月亮湾大酒店，市里最豪华的五星级酒店，听说吃一次早点就得几百元钱。我是第一次走进这么豪华的酒店，体会到什么叫做富丽堂皇。贤只说在大厅等她。

我也不是没有见过场合的人。好歹是个作家，在小小的内陆城市里也是个小有名气的人，我还是有些底气的。我只是不适应自己在宽敞的大厅里像猴子一样被人好奇地观望。

就在我不自在的焦虑中，贤出现了。

贤出现在大厅通向二层的半圆型的扶梯上。菊黄色的扶梯，猩红色的地毯，贤一身黑色的晚礼服，左臂微抬，修长的玉臂上挂着款样别致的乳白色皮包，另一只手里拿着一本时尚的女性杂志（那是接头的暗号）。贤慢慢地沿着扶梯款款而下。

我敢说，只要是当时看到贤的人，一定都会被她的优雅气质所震撼。我就是半张着嘴，好像掉了下巴呆呆地看着她走到我面前。我开始的底气被她的气度彻底地击溃了，我觉得自己实在是窝囊。

你是华作家吧，久闻大名了。就到前面休息厅坐坐吧。贤大大方方地挽着我的胳膊。

我也不是没处过女人，同我处过的女人，都是我的崇拜者，不管是真崇拜还是假恭维，反正我是主动权的掌握者。贤是我遇到过的第一个让我在女人面前丧失主动权的女人。我感觉到自己的猥琐。

贤腰板笔直，走路的姿态如服装模特，充满韵味风情。我不知道自己是否像马戏团里跟在女驯兽师边上的大猩猩。

贤走到座位前，轻轻坐下。

服务生走来，二位要点什么？

贤玉唇微启，靠啡。

听听，人家咖啡不叫咖啡，咖字发"靠"音。

大作家，您呢？

哦，一样，一样，靠——啡。我的脸发热。

咖啡端上来了，我往杯子里加奶加糖加伴侣，用勺子转圈一搅和，端起杯子，喉结上下一滑就"咕咚"了一口。再看贤，咖啡里什么也不兑，用拇指和中指捏着银勺的顶端，沿着杯壁顺时针方向缓缓地划着圆。贤的兰花指造型自然熨帖，一点也不做作。贤一手端起杯子，另一只手拿着餐巾纸托着杯子底端，嘴唇微微一动，抿了一小口，然后用餐巾纸揩揩嘴唇。看看人家贤，我还算个文人呢，差。

我和贤努力地找着两个人都能谈得拢的话题。其实我最拿手的是讲段子，每次和女同胞聚会我的段子都会引来哄堂大笑，并被封了个"黄委会"主任。和贤在一起，是容不得半星污垢的。我还是第一次觉得语言贫乏苍白，嘴里无词。

作家最近在创作什么？

哦，正在写一部中篇，杂志社催得挺急。

你们作家的生活就是充实，自在洒脱。

咳，都一样，都是混口饭吃。对了，咱们也别光喝这靠——啡。去西餐厅，我请你吃牛排。

要不到我家吧，西餐我自己就会做，味道不比西克汉姆的差。

那我恭敬不如从命了。也好，省了我一笔开支。

贤轻轻起身离去，我端起杯子把那该死的"靠啡"喝个底朝天。

贤家离酒店并不远，我俩边走边聊。路过一家精品服饰店，贤说，稍等一下，我相中了一款服装，看到货没有。贤走进服饰店，询问了店员，微微地曲腿，看柜台下层的价格。贤看服饰的姿态都是那么的典雅，不像一些女人，在店里撅起屁股哈着腰看底层的货物，也不顾及露出了白花花的板腰和内裤。

贤的屋子不大，两室一厅，收拾得井井有条一尘不染。

你随便坐吧，我给你冲茶。

我在书房里看看。贤的书房内布置得很有点文化味，一排落地书柜齐刷刷码满了古今中外的名著，每一排书中都安放个文化名人的雕塑头像，错落有致。有的我认识，有的我也叫不出名。我在书柜里找到了我一直想读的一本书，问贤能否借走一读。

贤把泡好的茶放在案几上，说，可以啊。不过要爱惜的。不能捻吐沫翻书，不卫生也容易使书潮湿霉变；不能在书上批注折页；不能把书展开扣着，容易把书弄变形的。我这儿有书签，你带上。

我小心地捧着书，好像捧着个随时都可能爆炸的定时炸弹。

我从贤家出来，有种被释放了的快慰。

第三天，贤给我打电话，让我快点到她家去。

我去了，书房里的书乱七八糟地铺了一桌子一地。

我说你干什么，办书展啊？

贤说，单位要考试，出了一大堆的提纲，我都急死了。请你大作家来帮帮忙。

我接过贤手中的提纲，都是些很平常的文史知识。我说，就这么简单的东西还值得这么兴师动众啊？

贤没听明白，你说什么？

我底气十足地说，啊，没什么，你这一柜子书可真好。收拾完了，我请你去喝靠——啡。

谁让我们是朋友啊

我写的小说《朋友，你在哪里》，上了小说学会的年度排行榜，我就觉得我和贾兴的交情到此为止了。想想也是，把朋友之间的事抖搂出来赚银子捞名利，也确实有些不仗义。没有想到，我接到的第一个祝贺电话竟然是贾兴打来的。他的嗓门震得电话发抖，离着两米远都能听得到他的声音："老刘啊，恭喜你上榜啊。我很荣幸成为你文中的典型人物啊。我真的有那么虚伪吗？"我有些措手不及，想解释又找不出合适的理由："老贾，其实我只是……"贾兴打断我的话："行了，哥们，我不在意，哈哈，谁让我们是朋友啊。"

我为一家杂志社划拉个中篇小说，交稿的日期快到了，可我只开了个头就磕绊住了。心情烦闷到网上去溜达，和一个叫阿飘的 Q 上了。阿飘传来了她的玉照，妩媚娇柔。我决定去会会阿飘，她还和贾兴在一个城市。动身之前，我还是先给贾兴打了个电话，免得日后再落下啥话柄，贾兴如果再客套，那就正好，反正我也不是冲着他去的。贾兴显得异常兴奋："好啊好啊，老刘啊，还是信得过哥们嘛。我到车站接你，不见不散。"

我在车上设计了好几套和阿飘相会的方案，甚至设计好了台词，还有更隐秘的细节。出了车站，就听到贾兴的大嗓门，紧随着就是他胡子拉碴的脸贴在我的面颊上。"走走走，住处我都给你安排好了。"上了一辆面的，左拐右转地到了一家门面简陋的招待所。"我转了一下午，就这家价格便宜。"我想告诉贾兴，我也是假公济私，这趟差是可以报销的。贾兴说："其实出来玩关键是玩得痛快，眼睛一闭睡哪儿都一样。你在屋里迷糊一下，六点钟我们准时吃饭。"说完，贾兴的体积就从屋里消失了，房间立时显得宽敞了不少。

六点整，听到了贾兴的大嗓门："老刘啊，我在楼下等你，吃海鲜去。"

大排档靠近海边。贾兴还带了一位女朋友，长得粗黑威猛，像是练柔道的。贾兴介绍说："她叫阿娇，是你的崇拜者啊。"又附在我的耳边小声说："我的红颜知己。"阿娇的一双厚手攥得我直咧嘴。菜还没上，贾兴就自饮了三杯酒："这是我自罚的，上次没有亲自接待。"贾兴又倒满三杯："老刘，这三杯，你该不该喝？"有啥说的，我更该罚，喝！贾兴对阿娇说："你崇拜的大作家就在你面前了，机不可失啊。"阿娇也和贾兴一样，自己先干了三杯，然后给我满上三杯。我说我确实不胜酒力，能不能少喝点。阿娇不愿意："刘老师是看不起我了。我可是看着你的小说长大的，老师不喝，我喝！"阿娇把三杯酒又端着喝尽。逼上梁山了，我也只得喝下三杯酒。记不得后面的事了，好像上了一条什么鱼，我就醉得意识模糊，怎么回到旅馆的都不知道。

第二天，贾兴把我从床上拉起来，我的头还一乍一乍地疼。我还惦记着和阿飘的约会，就对贾兴说："你也挺忙的，今天我就自己转转。"贾兴忽闪着大手："不行不行，项目我都安排好了。我和阿娇是陪吃陪玩陪游，三陪到底了。"不由分说，贾兴就把我塞进了面包车。

我借着去洗手间的机会给阿飘发了个短信，告诉她我已经到了她的身边，只是被朋友的热情所劫持，正无可奈何地转景点，抽出机会我就去看她。贾兴把时间安排得很紧凑，景点一个接着一个，好像今天不看明天就会消失。为了赶点，我们午饭也简单，面包火腿矿泉水。从景山公园出来，我们都感到累了，坐在石凳上闲扯。贾兴看看表，说："老刘啊，看得怎么样，我这儿的名胜古迹我可是都带你看了一遍。"我说："累是累点，可玩得很高兴。老贾，辛苦你了。"贾兴仰着脖子往嘴里灌矿泉水："说什么哪，谁让我们是朋友啊。老刘啊，你来的时间短了点，要是多呆几天，我带你到郊区看几个景点。"我看着贾兴，没有明白贾兴说话的意思，我并没有准备离开啊。

贾兴拍拍手，提起我的手包，说："从这儿到洛阳就一趟车，旅游季节票不好买。还是阿娇在车站的朋友帮忙才买到的票，四点二十发车，还有二十分钟。我们走吧，去车站。"

我被稀里糊涂送到了车站。贾兴递给我一袋水果，说："老刘啊，谢谢你来看我。我就不送你了。"

"老贾，你太热情了，让我有些受不了。其实我还想再……"

贾兴把我推上了车："快回去陪嫂子吧。有机会再来啊，来了一定和我联系。谁让咱们是朋友啊。"

北上的车缓缓启动了。

朋友，让我来

半岛笔会的第二天，贾兴要招呼几个朋友出去走走聚聚。我说人家报社花钱让咱们来开笔会，半途溜号不太好，总得给人家撑撑门面，散会再聚也不晚嘛。贾兴嗓门加大了，散会就人心思散了，急着回家会老婆的，跟女相好私会的，哪儿还有心哥们聚会啊。别啰嗦了，走吧我请客。拗不过他，我悄悄叫了几个要好的朋友在专家授课的时候溜号了。

贾兴显得十分兴奋，一出门就嚷嚷，今天所有的开销都由我打发了，不就是多写两部中篇啥都有了。谁也别跟我抢，谁抢我和谁急。

半岛依山傍海，风景秀丽，最漂亮的地方就是海边。大家沿着海边漫无目地转悠，编撰着各自的风雅韵事，嘻嘻哈哈的像一群孩子。

小岛海鲜馆坐落在海湾的尽头，依着峭壁搭建。扶梯而上，坐在窗边，脚下海浪拍岸，放眼海天相接。任编辑接过菜单说，我来点菜，你们来自内地，不知道海鲜的吃法。任编辑把参鱼蟹虾都点全了，还要了一瓶店里最好的白酒。我看贾兴的脸面都有些不自然了，任编辑也够损的了。

贾兴端起酒杯说，大家今天聚在一起也不容易。我先干为敬。贾兴一仰脖子，酒杯干了。大家端起酒杯意思了一下，都等着吃海鲜呢。贾兴也不计较，又倒满杯，今天有漂亮的妹妹赏脸，我贾兴高兴，先干为敬。大嘴一张，酒又干了。大家嘴里叫好，够意思，手中的筷子都伸向红烧海参。

贾兴逐个敬酒，喝得都很豪爽，荡气回肠。贾兴把酒瓶放到任编辑的跟前，老任，我做东，你也算半个东道主，你也给大家敬个酒嘛。任编辑说，可以可以，只是我不胜酒力。贾兴说，有情意就行，你喝不了，我替。

酒这玩意也不是个啥好东西，饭桌上没有它显得冷清，不热闹，有了它又推来让去的谁也不愿多喝。贾兴是来者不拒，你好我好。很快，一瓶酒就"酒干淌卖无"了。大家津津有味地品尝最后一道海胆汤时，贾兴不知道啥时候已经醉得不省人事了。买单的人醉深了，一桌子的人都有些尴尬了，喊喊贾兴，贾兴呼噜着没有醒过来的意思。等了一会儿还是没有什么动静，大家开始埋怨，不该让贾兴喝那么多。任编辑是半个东道主，自觉理亏，苦笑着把账结了。大家搀扶着贾兴艰难走下酒楼，贾兴嘴里还含糊不清地嘟噜说，我来我来，谁也不能跟我抢，我，我买单。

　　贾兴醉成一摊烂泥，也走不安生，大家就近坐在一片沙滩上，贾兴躺在沙滩上酣畅地睡了。任编辑是和贾兴同一个城市来的，满肚子的男盗女娼，黄段子一个接一个的，也不顾忌队里还有女作家，大家笑得开心。

　　贾兴清醒过来，大家帮着两个女士捡的石子都堆成小山了。夕阳把遥远的海际涂得灿烂辉煌。

　　贾兴不好意思地说，喝高了，喝高了。

　　任编辑说，不能便宜了你，你得补请。晚饭你打发了。

　　贾兴拍着胸脯，那还用说，我负荆请罪，吃什么尽管说。

　　女作家想吃辣，大家进的是一家湖北菜馆。贾兴从任编辑的手里抢过菜单，递给身边的女作家，请女士点菜，女士优先。女作家点了六个菜，一道汤。贾兴问，还要不要再来瓶酒？大家连忙摆手，不喝不喝了。

　　贾兴中午兴许是没有吃好，晚上他的胃口特别好，每道菜都几乎被他扫掉一半。贾兴用餐巾纸擦着油乎乎的嘴，说还要点啥不？吃好没有？我买单了啊。

　　大家收拾好东西准备离席，就听到吧台传来贾兴粗嗓门的争吵声。原来贾兴非要人家店主给打五折，店主不同意，贾兴就急了。说这个菜味道不够，那个菜盐放重了，卫生条件也不地道，打五折都是高看了。不给打折就不给你结账。告诉你，我可是作家，小心我臭你。店主不乐意，你们作家也得讲道理哦，一共就200块钱哦，吃不起饭啊。

　　女作家觉得面子有些挂不住，说算了算了，把饭钱给了店主。大家连拉带扯地把嗓门越来越大的贾兴架出了饭店。贾兴呼哧呼哧地喘着粗气，埋怨女作家，你不该给他付钱的，不能迁就他们这种不尊重消费者的行径。

贾兴弄得大家都挺没意思，气氛不太和谐。正好，广场上露天舞场乐曲悠扬。我建议，大家去疯狂一把。

舞了一身臭汗，直到散场，大家还意犹未尽。女作家说，一阵子群魔乱舞，肚子还有点空了。

吃夜宵，吃夜宵。贾兴把大家招呼到路边的小吃摊前，一人一碗米酒汤圆。贾兴拔出 10 元钱，我来我来，谁也别和我争。

贾兴满脸的精气神！

老街鳖王

老街往西五里有条河，老街人称之为潺河。

潺河水清湍急，四季不干涸。潺河宽不过十米，横穿古城，蜿蜒而去，汇入黄河。潺河里生长着一种小虾，米粒大小，通身透明，且闪着光彩。有趣的是这虾总是一公一母合抱，老街人称作五彩鸳鸯虾。潺河附近的居民常在河面上放鸭，鸭子所孵的蛋全是双黄，有人就说是鸭子吃了河中的鸳鸯虾的缘故。其实，潺河里最稀罕的还不是这五彩鸳鸯虾，而是被老街人称为有灵性的绿鳖。

潺河里生长着一种鳖，巴掌大小，碧绿如玉。这种绿鳖机敏警觉，不轻易上岸，总是沉在湍急河流的底岸，在一人多深的水下游弋如飞，极少被人捉住。有好事者也会潜入水底寻找绿鳖，却往往看见了绿鳖，硬是抓不到手，它总在你手前一米处游弋，逗得你欲罢不得。待你气不够用，浮上水面时，才发觉已经被绿鳖诱到了最深最急的河段，就有人因此丧命。老街人就说那绿鳖有灵性，绝非寻常之物。

那时的鳖也不值钱，没人要。只是谁家有病人，需要配药方子时才去寻找。要想得到绿鳖，自然要去找闷子。

闷子之所以被老街人称为鳖王，是因为他有一套踩鳖的本领。旁人都是潜水捉鳖，闷子却不同，他有一套踩鳖的办法。闷子说，那绿鳖精着哩，你潜入水中，它会感觉到人的气味，拼命把你往那河深的地界引。你不入水，它就放松了警觉，你踩住它它也懒得动。闷子练就一身能在湍急河流中站立行走的本事，两只大脚在游动中能探摸到绿鳖的踪迹。当一只脚踩住绿鳖后，另一只脚便像钳子一样夹住绿鳖裙边，两只脚合力将绿鳖推出水面，那得有极高的技巧?！如果钳夹的方位不对，会被绿鳖死死咬住，就不撒口，除非你把它的头割掉。闷子把捉到的鳖倒换到手中之后，继续沿着河走，踩住一只再倒腾到另一只手上。潺河的水深处就可以看到这样一番景象，水中看不到人，就见两只举绿鳖的手在河中游动。

老街人不食鳖。闷子踩到的绿鳖都给了镇里的革委会主任陈傲。

陈傲爱食鳖。一次在老街闲转，看到了闷子手中的绿鳖，死活要买。

闷子说这是给人做药用的，不卖。你若要，我再去踩，踩到了，送你。

闷子踩到绿鳖后就给陈傲送去。陈傲就给闷子2块3块的零钱。后来送的次数多了，也熟悉了，闷子也看到了陈傲做鳖的过程。陈傲是用只砂锅，将活鳖放进去，再放入葱姜花椒大料和几味药材，放在炉火上炖。陈傲对闷子说，这是大补。让闷子也尝尝，闷子捂着鼻子躲得远远地，说受不了那腥气。老街人说，那绿鳖有灵性，陈傲迟早会遭报应。

闷子也听人说过，陈傲不是个好鸟，依仗权势勾引别人家女人，身子都被掏空了。闷子倒真是碰见过一次。那是个晌午天，闷子在潺河踩到一只绿鳖，兴致勃勃地去给陈傲送。站门外喊了两声，没人应。便推开门走进小院，径直上了二楼。推开陈傲的屋门，闷子见到了床上两个扭在一起的白肉团子，闷子举着绿鳖愣在那了。陈傲恼羞成怒：还不滚出去！闷子扔下鳖就跑，蹿出几里地了自己的脸还红，心怦怦地跳。闷子看清楚了，那女人是给陈傲开车的司机。

镇上的车少，女司机就一个，又是给主任开车的，更是烧包得不得了。女司机长得白胖，走路身上的肉就跟着哆嗦，好像随时都会掉下来一块。女司机把车开得张狂，越是雨天，越把车开的飞快，溅起的泥水飞落到躲闪不及的人们身上。胖女人就开心地笑。老街人气是气，可女人有后台，也没办法。有人说，谁要是敢当面骂那女司机，就到水席园摆一桌。

闷子就应承下来。有天晌午，女司机在老街赛大姐凉皮店吃凉皮，闷子就领着一干人坐她对面说笑话。闷子大声说，讲个踩鳖的故事啊。话说某日，见有一公一母俩绿鳖在交配，我就大声吆喝，光天化日之下，你们鳖男女耍流氓啊？公鳖发现有人来了，爬起就溜跑了，母鳖干着急却动不了让我给抓住了，你们猜为啥？

众人齐声询问：为啥？

闷子一捂嘴说，公鳖跑的时候，忘把母鳖给翻过来了。

众人大笑，女司机满脸羞红，起身开车就走。

闷子说，瞎舞扎啥呀，跑不出两里地就得翻沟里。

果然，那车没跑多远就吱溜翻沟里了。女司机爬出车外，坐在地上放声大哭。有人说，闷子，你惹祸了。

第二天，镇里来了人，把闷子带走了。陈傲给闷子定了个罪名：骂翻人民汽车罪。把闷子送到劳教所劳动改造。

一天，有人把闷子从劳教所带出来，到了潺河边，说你能踩上两只绿鳖来就放你回家。

闷子说，那还不容易。

闷子脱了衣服下到河中，不到俩时辰，就踩出了两只绿鳖。

闷子边穿衣服边问：你要这绿鳖弄啥？

来人说，是陈傲主任嘴馋了，要炖汤喝。

闷子二话没说，夺过两只绿鳖，手一扬，那俩绿鳖在空中划出两道漂亮的弧四脚摆动着又回到了潺河。

来人气急败坏地说，你干啥你？得罪陈傲主任没你好果子吃！

闷子头也不回，径自回到了劳教所。

1971 年的袭击

我们要对班主任项霞的宿舍进行袭击！

晓晓，你真听清楚了吗？项老师今晚要谈对象？

向毛主席保证。是校革委会张主任亲口对我说的。晓晓急得有些结巴。

你再说一遍。

张主任对我说，你们项霞老师要谈对象，还是个飞行员，要是对象谈成了，项老师就得随军，就不能给你们当班主任了。

绝对不能让项老师走。

那怎么办？

今晚就袭击，让她谈不成对象。

月亮又亮又圆，静静地挂在空中，几朵云彩轻轻地推着它游走。

晓晓说，今晚的月亮真美，就像咱项老师。

项老师比月亮还美呢。别看她比我们大不了多少，可她却能把我们这样调皮捣蛋的学生摆治得服服帖帖。

那天，她来我们班上任，我们准备了一套捣蛋的方案，准备给她个下马威。

项老师又大又亮的眼睛，漂亮得像电影明星。她说，我刚来，先和同学们认识一下。项老师点了我的名，我故意把"到"字音拉得很长、很长，项老师笑了，小剑，你很聪明，听说三个人才能抵上你一个人。大家都叫你"小诸葛亮"，三个臭皮匠才能抵上一个诸葛亮啊。

同学们都笑了。

项老师继续点着名，晓晓，听说你手巧身巧。你制作的小木枪跟真的一样，连学校宣传队都用它当道具，能不能也给老师做一把？你爬树技术高超，能端掉鸟窝和蜂巢？军军，我们学校的长跑冠军，参加公社田径赛得过第二名，对吧？还能一跳三摇地跳绳；冬冬，学校拔草冠军，每年交给学校的草超过一千斤，几乎天天早晨第一个到校给班里生炉子。

项老师微笑着，点着同学的名字。我们这些调皮捣蛋的学生，在她眼里竟然有那么多的优点和特长。下课铃响了，我们才发觉准备好的捣乱方案没有用上。

我们班进步了，妈妈拿着我的考试成绩，脸上第一次绽开花样的笑容：项霞老师就是不简单，还真把你们这些混小子收拾住了。

报告班长，我看到有人进了项老师的宿舍了。

准备行动！

晓晓猴子一样三两下就爬上五六米高的白杨树，透过项老师宿舍的玻璃窗，观察屋里的情况：项老师坐在炕沿上，那男的坐在椅子上。项老师给男的倒水了，他们在说话。男的拿着扇子给项老师扇，报告班长，不好，那男的也坐到炕沿上快和项老师坐在一块了……

开始袭击！军军拿着木棒捅门，我们把手中的细沙撒向玻璃窗。

晓晓一吹哨，我们就迅速隐蔽到暗处。

项霞老师和那男的一起出来了，四周看了看，没发现什么又回到屋里。

晓晓又在报告：报告班长，不好，那男的拉项老师的手了……

猛烈袭击！

暴雨般的细纱撒向窗户，门被木棍捅得咚咚响。

项霞老师走到屋外，静静地在门口站了一会儿。她抬头看着天空中的圆月，朝着我们隐蔽的方向说：小剑，晓晓，老师知道是你们。听老师话，天晚了，快回家吧，啊。

班长，怎么办？撤！

第二天，项老师见到我们脸都是红红的，我们装着没事一样。

晓晓说，大功告成，听张主任说，项老师和那个飞行员对象没说成。

乌拉——我跑回家，高兴地把项老师谈对象的事告诉了妈妈。

妈妈用手拍了一下我的脑袋：傻孩子，你们不懂事啊。小项老师要是能找个飞行员对象，小项老师就可以不用下乡了，可以继续教学了。你们那个张主任没安啥好心，总是围着学校的女老师转，跟个苍蝇似的。

我懊悔极了，去和晓晓打了一架。

晓晓揉着头上的包：班长，我妈也是这样说的。那天，我还看见项老师哭着从张主任屋里出来，头发都乱乱的。看来，我们上当了。

给项老师找个对象，而且还得是个飞行员！全班同学都发动起来，每天放学，我们都到学校附近找解放军。叔叔，你是飞行员吗？你和我们项老师谈对象吧，我们项老师可漂亮了。

全班的行动已影响了正常的功课，项霞老师急得掉眼泪，问我们怎么回事。我们向毛主席保证过，打死也不说。

我们没有给项老师找到飞行员，项老师要下乡走了。

项老师拉着我的手说，小剑，你是班长，一定要带头好好学习，班里成绩上不去，老师走了也不会安心的。

我终于忍不住了，扑在老师的怀里：老师，我们是在给你找对象，找个飞行员对象。

项老师搂着同学，大家哭成一团。

当晚，我们对校革委会张主任的宿舍进行了一次猛烈的袭击！

1977 年的兔子

"男子打兔上西坡，女子在家炖汤喝。"木欣哼着自己串了词的《花木兰》，扛着土枪摇头晃脑地唱，我们几个青年掂着棍子跟在他身后。农闲时，木欣就站到我们知青点的院子前吆喝：青年们，走，上坡撵兔子。

"男子打兔没打着，女子在家烙油馍。"木欣仍扛着土枪在前边摇头晃脑地唱，我们无精打采地跟着。经常是这样的情景，撵半天，连兔子毛也没见到。有时听到土枪响了，也只当是放个炮仗，与兔子无关。木欣却总是精神抖擞喜气洋洋跟打着了一群兔子一样。

木欣大我十来岁，身瘦脖子长。大脑袋一步两晃，像根细竹竿上挑着个葫芦。我总担心他那葫芦头随时都有可能从细竹竿上晃下来。

木欣有支自己造的土枪。截下一米多长的无缝钢管，刨出一支木质枪托，安装上打火机关，填充上火药和铁砂。这种土枪不中看中用，杀伤范围大，打兔子最合适。

那时的日子都过得紧巴，个把月也吃不到一次肉。野兔子对我的诱惑力太大，偏偏木欣的土枪几乎没有与兔子见面的机会。偶尔枪声响起，也是开枪为兔子送行。

时间长了，知青点的人就不再跟他跑冤枉路了。只有我还死心塌地跟着他，执着地幻想着红烧兔子的美味。

村里人给木欣编排出好多笑话。说他扛枪上坡打兔子时正赶上兔子开大会，放风的兔子报告说有人带枪来了，老兔子问是不是木欣？别人来了咱赶紧撤，他来了没一点儿事。于是兔子又继续安心开会。还有人说木欣总打不着兔子手痒心急，就到集市上买了只野兔过瘾。解下裤腰带把兔子吊在树杈上，枪声响过，兔子不见了，只留半截裤腰带在树杈上飘。

1977 年的冬天冷得邪乎，雪来得特别早，铺天盖地疯狂了两天。雪刚住，木欣就摇着大头说，青年们，走，上山打兔子。没人响应，谁也不愿跟他上山挨冻。我让红烧兔子勾引着，掂根棍子跟着他就走。

木欣兴致勃勃地说，刘青年，我跟你说，兔子可憨，在雪地上跳不动，越跳不动它越急。蹿起来越高，扎进雪里就越深。白拾都能抓着。今儿个，咱能拎回去一打兔子。

山上风冲，扬起的雪花扑在脸上，我紧缩着脖子。可木欣那细脖子缩不进去，冻得他不住地用一只手在脖子上搓。忽然，行进中的木欣喊道：趴下，趴下。发现兔情了。我急忙卧在雪地上，木欣歪着大脑袋，瞄着前方放了一枪，清脆的枪声在静静的山谷间回荡。我刚要站起，木欣摆摆手，别动别动，兔子叫我打懵了，再来一枪。木欣开始填药装砂，又一枪响过，我冲上前去，哪是什么兔子啊，半截露在雪面的断树桩。

空手而归，木欣还是兴致勃勃。我捂着冻红的耳朵问：木欣哥，总打不住兔子，队里人都笑话你，你咋还这么没心没肺地高兴。木欣大脑袋一晃：爱咋说咋说，咱上坡来转转耍耍，甩甩胳膊遛遛腿，散散心，看看景致，心里不透美？透自在？

公社组织修梯田。知青点的晓宇在运送土方中，架子车打滑，连人带车翻到沟底，受了伤。队长说，最好是弄点有营养的东西补补。木欣二话不说，拿起土枪就走，到门口才蹦出一句：等着，晚上就让青年喝上兔子汤。那天等到很晚，木欣的大脑袋才出现，抱着个瓦罐，果然是香气扑鼻的兔子汤。

"有福之人不在忙啊。我刚上山就看见这只兔子，又肥又大。我举枪就打，那兔子刚刚跳起，我的枪就响了，一枪撂倒。拿回家叫你嫂子给炖了。快喝，鲜着哩。"

队长捶了木欣一拳，这回你还中，我给你多记十工分。

木欣挠着大脑袋嘿嘿地笑。

第二天，我从工地回村里换车胎，走到木欣家门口，木欣的女儿抱着一张兔子皮在哭。我上前问，孩子委屈地说，我养的兔子没了，爸爸说让黄鼠狼给逮走了。

我心里酸酸的，对孩子说，妞妞不哭，过几天我去到黄鼠狼那儿把妞妞的兔子给找回来。

　　"男子打兔上西坡，女子在家炖汤喝。"去工地的路上，我忽然放开嗓子吼了两句……

1978 年的饺子

队长把我领到绪叔家时是秋天的一个午后。

绪叔，这是咱队的下乡青年，姓刘，轮到你家派饭了，三天，要让青年吃好，老规矩，三天里得给青年包顿饺子吃。

绪叔四十来岁，已是满脸皱纹，头发花白。放心吧，青年是咱的亲人，自己吃不好，也得让青年吃好。

绪叔家有两个十来岁的孩子，婶婶腿有残疾，走路不是很方便。从家境看就知道日子过得艰辛。我在绪叔家里第一次吃饭，竟然吃到了野菜。以前总说过去如何如何艰难，吃不到粮食只好吃野菜。没想到绪叔家的野菜调拌得那么好吃，看到我吃得还好，绪婶放心了，说城里的孩子金贵，怕你吃不惯呢。

我刚下到队里，队长不让我开伙，说先要和贫下中农打成一片，吃派饭。每家三天，还规定三天中得让青年吃顿饺子。那是我一生中吃饺子吃得花样最多、最频繁的日子。

在绪叔家的三天里，我没吃到饺子。最后一顿饭是捞面条，浇蒜水，拌的苦苦菜。不同的是在我的面条碗底有两个荷包蛋。绪叔一家吃的是红薯面条。绪叔拍拍我的肩膀说，青年，我欠你的。

晚上，队里记工分，队长大声问我，青年，是不是家家都给你包饺子吃了？谁家没有包，我扣他十工分。我说，都吃了。明天我就自己开伙了，谢谢大家。我看见绪叔把头放得低低的，烟袋锅子散着浓烟，呛得人想流眼泪。

绪叔是个很乐观的人。每天上工，他会把那只不拍就不会发音的半导体收音机挂在锨把或锄头把上。做活歇息时，他就现学现卖，开始"新闻联播"，宣讲天下大事。

绪叔家把着村口，吃饭时总是端着碗，蹲在门外的一只石磙子上，一边喝汤，一边和认识或不认识的人打招呼，吃了没有？没有？那赶紧回家吃吧，都晌午头了，可该吃饭了。

吃了没有？吃过了？噢，吃过我就不萦记了。没吃，咱锅里有。

没有见到谁能吃到他家一口饭。一天，我们几个青年故意呆在绪叔家不走。

绪叔说，你们也不回家招呼一声，家里人该着急了。

都和家里说好了，今黑儿在绪叔家喝汤。

绪叔磕磕烟袋锅子，今黑儿当真在叔家喝汤了？

我们几个点点头。

中！绪叔起身从大缸里挖出几瓢麦子，倒进一只布袋里，说，等着，我去磨麦，咱吃捞面条。

绪叔出去了。我们在屋里打扑克牌。

绪叔空着两手回来了，球，电磨那儿停电了，麦也磨不成。

我说，绪叔，咱不着急，咱等电来了再说。

绪叔打发绪婶，去，再去着着，我就不信后半夜还能不来电？

要等到后半夜啊，还不知道能不能吃到嘴里哪。我们就嘻嘻哈哈地告辞。

绪婶在门口悄悄地往我手里塞了个鸡蛋，鸡蛋还是热乎乎的。绪婶低声说，刘青年，你们以后别再毛捣你绪叔了，你绪叔心里难受呢。

1978年9月，我参军入伍。离开村子的前一天晚上，我正在收拾家当，绪叔叼着烟袋锅子来到屋里，说，青年，走，跟我回家。

天黑，路也坑洼，只看到绪叔的烟袋锅子忽明忽暗，时不时映着绪叔那沧桑的脸。

屋里，绪婶正在捣蒜。油灯下，两个孩子瞪着眼盯住方桌上两只对扣着的大海碗。

绪叔把上边扣着的海碗掀开，是一碗冒着热气的饺子。绪叔把海碗往我的面前推推，吃吧，青年。你婶包的。你婶说了，青年来了一年，帮咱家办了好些事。要走了，舍不得。

我就是给绪叔家带过几包凭票供应的洗衣粉，给绪叔家的孩子送过些作业本和铅笔。

绪婶把调好的蒜汁搁在我跟前，吃吧，锅里还有啊。

我夹起一个饺子塞进嘴里。萝卜油渣馅的，油渣搁置的时间久了，已经有股刺啦味了。

两个孩子眼巴巴地望着我。我心里酸酸的。

我把饺子分到另一只碗里，趁绪叔绪婶不注意，递给了两个孩子。

油灯下，绪叔一直闷头吸烟，不说话。

绪叔送我到门口，绪叔说，刘青年，叔家家境不中，别笑话叔。你去外头当兵，可不敢把叔的抠门气拿到外头去出息啊。叔欠你的。

黑暗中，我没有让绪叔看到我眼角的泪。

第二天，队里的人都出来送我。队长还端着一碗荷包蛋。队长说，咱队里穷，青年来了一年，有对不住的地方多担待啊。啥时候回来探家，来村里看看。

我给大家鞠躬，谢谢大家的关照。我说，昨晚在绪叔家吃的饺子，现在还撑得慌哪。

人群中的绪叔蓦地抬起头，满是皱纹的脸笑得跟花儿一样。

哎哟，领导

黄局长病重住院，跑前跑后的依然是办公室的路主任。

黄局长刚入院时，来探望的人还络绎不绝。当得知黄局长的病已经无力回天了，来探望的人就越来越少了。办公室的路主任，不管每天多忙，总是要跑一趟医院看望黄局长。黄局长感动得泪水滴溜，说局里只有路主任是好人，其他的都是白眼狼乌龟王八蛋。路主任总是非常恭敬地说："哎哟，领导。您为局里鞠躬尽瘁，累成这样，我不来照顾您，那不是昧良心嘛。您安心养病，有啥事尽管吩咐。"

路主任走了，黄局长感动的情绪还难以归位。

黄局长到局里上任之前，都传说路主任要提拔为局长。黄局长到任后，路主任提拔的事就没有再被提起。原以为路主任会有很大的抵触情绪，结果并不像大家想象的那样，相反，路主任比以前更认真更负责的工作，对黄局长更是无微不至地照顾和关心。

黄局长有徒步上班的习惯，十来分钟就可以走到单位。黄局长到任的第二天早上，路主任就带着车等候在黄局长的楼下了。黄局长说，不用坐车，就几步路嘛，正好锻炼锻炼身体。路主任说："哎哟，领导。您可不能这么说。以前的局长都是坐车来上班，大家都习惯了。您要是不坐车，局里同志会有想法的，是我们服务不到位呢，还是局长故作姿态。这样就会和大家疏远，有隔阂。局里配的车就是要局长坐的，这是一种待遇，也是一种身份的象征。再说，其他局长都是坐车上下班的，唯独您不坐，其他局长怎么看您？您不是把自己给孤立起来了吗？这也不利于工作和其他处室的沟通啊。"

黄局长被说乐了，球，坐个车还有这么多的讲究啊。

"哎哟，领导。您就体谅体谅我们做下属的苦衷，上车吧。"

黄局长无奈，只得上了车。路主任悄悄叮咛司机："一定要伺侯好局座，不能要领导多走一步路。否则，我就换掉你。"

黄局长到单位，就开始打扫自己的办公室。黄局长刚拿起拖把，路主任就给抢过来："哎哟，领导，您这不是打我的脸吗？"

黄局长说，我这也是活动活动，锻炼锻炼啊。

"哎哟，领导。您哪不能锻炼啊，还差这么一点啊。您每天开会，那是不是锻炼？那才要功夫呢。坐禅就是最好的锻炼，是吧？您讲话作报告，那也是锻炼啊，要练体力，还练肺活量。其实，只要有心，洗脸刷牙也可以锻炼。洗脸时，毛巾不动，头上下动，刷牙时，手不动，头上下左右动就行。"路主任边说还边做着示范。

黄局长被逗笑了，以后也就不再拿拖把扫把。

路主任也十分关心黄局长的饮食，只要局长没有会议和应酬，路主任总要把黄局长拉到生猛海鲜的店里吃饭，大鱼大肉大碗酒。黄局长说，吃饭最好是清淡些的好，有益健康。路主任说："哎哟，领导，您别听电视上报纸上瞎扯淡。今儿个说吃这个好，明儿个又说吃这个不好，弄得大家都不知道该吃啥了。其实啊，什么都得顺其自然。只要是能吃的肯定都对身体有好处，掌握适度的量就行，对吧？也没听说谁吃素活多大年纪的。我村里一个老太太，九十多岁了，就爱吃肥肉，现在还硬朗朗的。"

黄局长说，我就纳闷，怎么理到你这里就有些歪了。

"哎哟，领导，歪理也是理吧。我也是舍命陪君子啊，我，三高，高血压，高血脂，高血糖。"路主任三高都啥也不在乎，黄局长还能说什么。

路主任去一家公司办事，恰好赶上停电。路主任只好走楼梯，上了十层就有些气喘吁吁了。他靠着扶手，仰面看墙壁，他看到墙上贴着的健康箴言：科学实验表明，每上一级台阶，人的生命就会延长一秒。为了你的长寿，攀登吧。

路主任从那家公司回来后，如热锅里的蚂蚁，坐卧不宁，焦躁不安，连夜起草了在局办公楼安装电梯的请示报告。

黄局长不解，安电梯？局里的办公楼只有七层，至于吗？

路主任说："哎哟，领导。局领导的办公室都在五楼，每天上下班多不方便啊。你们走路都在想工作，万一有个闪失那可就了不得。外勤小马上个月不是就崴了脚了？再说，上级领导来了，上五楼也不方便啊。安上电梯也可以提升局里的外部形象。钱的事您不用发愁，我的一个同学在厅里管这事，保准搞定。"

路主任还真是把钱要来了，很快，电梯就安装完毕。还就是方便了。黄局长还专门请路主任去最好的饭店吃了一顿。

黄局长没能在医院里捱过几个月就去世了。医生惋惜地说，他太缺乏锻炼了，哪怕每天就是擦擦地也不至于到这种地步。

路主任当上局长后，定了三条：第一不坐车上班。第二因为经费紧张，电梯停用。第三，局长的办公室由他自己打扫。每天，路局长都会掂着拖把擦地，擦得很认真，谁抢拖把他和谁急！

浴

冬天的尾巴还抖着最后一点的料峭寒冷，县城却停止了供暖。我从市里赶回家中，母亲说："家里洗澡冷了，陪你爸到街上的浴池去洗洗澡吧。"父亲嘟嘟囔囔地不太情愿。母亲说："家里没暖气了，洗病了怎么办？花钱受罪还不是你自己？"父亲不再吭声，收拾换洗的衣服，跟我出了门。母亲在身后交代："去大河洗澡堂，那儿便宜。"

我在前边走，父亲跟在后边。我能听到父亲脚后跟踢拉着地的声音。父亲是七十多岁的人了，前几年还因脑出血在医院里昏迷了二十多天。病愈没有留下大的后遗症，反应却迟钝了很多，说话不太流利。父亲的性格变得有些闭塞，不愿出门，也不愿意和外人交流。

我在前边走，父亲跟在后边。像当年我跟着父亲去洗澡的情景。

我小的时候最讨厌洗澡。澡堂里人多拥挤，气味熏人。我最怕父亲给我搓澡，父亲手劲大，好像他眼里只有我身上的灰尘，根本想不到我还是个孩子，总是痛得我龇牙咧嘴，常常是洗完澡后，我的身上却要留下被搓伤的一道一道的痕迹。为了避免跟父亲去洗澡，每到星期天，我就把脖子和两只手洗得干干净净展示给母亲看，我不脏，不用去洗澡的。父亲根本不吃我那一套，只是一句："走，去洗澡。"我就得乖乖地跟着他走。父亲走路很快，它在前面大步地走着，我远远地跟在他后边，嘟囔着快点长大吧，长大我就可以自己去洗澡了。

"大河洗澡堂"门口竖了个牌子：内部装修暂停营业。

父亲似乎得到了解脱，说："回家自己烧点水，冲冲就行了。"我没答话，直接又往"鼓浪屿桑拿中心"走。父亲无奈地跟在我身后，嘴里嘀咕着什么，鞋拖着地的声音很重。

"鼓浪屿桑拿中心"装修得很豪华，内部设置也很欧化。父亲第一次走进这样的地方，他不知道一个泡池子的地方还要搞得这么讲究。父亲看到了厅里的价格表，脸色沉沉的。我拿了号牌套在父亲的手腕上，换了拖鞋领他进去。父亲走进浴池间，我在更衣室等他。闲得无聊，我掏出手机看狐朋狗友发来的各种各样的黄酸段子。我忽然想起父亲第一次来，还没见过里面的阵势呢。连忙收了手机，到了里间门口，父亲果然还站在屋子当中，茫然地看着四周，不知所措。父亲个子矮小、瘦弱，身子佝偻着。在我的记忆中，父亲是很高大、很健壮的。我朝父亲大声说："爸，哪个池子都可以下的，随便，冒泡的是冲浪按摩，烫不着。"父亲慢慢腾腾地挪进大池子里。

我因为洗澡挨过父亲的打。我小的时候，部队就一个澡堂，每周开两天，星期六是女人洗，星期天是男人洗。那时候，除了礼堂看样板戏的人多，就数澡堂子的人多了。澡堂一个大池子，一个小池子，大池子是供人洗澡的，小池的热水是供人兑上凉水冲洗用的。在澡堂子里洗澡最难的就是占脸盆。为了等脸盆，得等在别人后面排队。那次，我等在一个大个子男人身后排队，身上已经打上了肥皂，好不容易等到那个大个子洗完，我刚想去接盆子，大个子却把盆子递给了他的一个熟人。又急又气又委屈，我就哭了。父亲扇了我一巴掌，骂我没出息。我哭着说："我讨厌洗澡，我最讨厌洗澡。"回家的路上，我还是不住在抽泣。父亲说："你是生在福中不知福啊。当年我们在行军打仗的时候，十天半月都见不到一盆热水，那时候最大的心愿就是解放了，每天都有一盆热水洗洗脸、泡泡脚。"

父亲冲洗完，走进更衣间，脸上多了些红润，说搓澡师傅的技术不错，搓得就是舒服。搓个背10块钱，太贵了。父亲是在埋怨我没有同他一起洗，帮他搓两下就省去了10元钱。父亲嘟囔着价钱太贵，浪费。

更衣间里的一个中年胖子正在喝茶，听到父亲的嘟囔忙往里挪挪，对我父亲说："老先生，花钱多点，可洗着舒服啊。"

父亲看看胖子，没有说话。

胖子又说："老先生，我看您的气质，像是当过兵、打过仗的人。"

父亲眼睛一亮："你看出来了，扛了二十多年的枪，解放这个县城就是我们部队打的。"父亲有意扭过身子，肩胛上的伤疤很显眼。

我说："我爸爸负过伤，立过功，二等的。"

父亲仰起头，等着我往下说。

我接着说："两次二等功。"

父亲这才慢慢地坐下。

胖子说："了不起，了不起。我最佩服您这样的老同志。"

父亲说："说这些都过时了，没人愿意听了。"

胖子正经地说："老先生，不过时，我最佩服你们这样的老同志。我开了个公司，我不缺钱，可我就是没好办法教育我儿子。我现在每星期都逼他看过去打仗的那些老片子，要他知道老红军、老八路、老解放的流血牺牲，真怕他们只会享受忘了本啊。这一着啊还真管用，孩子懂事多了。"

父亲显得挺激动，穿好衣服出门时，还专门到胖子跟前跟胖子握握手。

街上，天已擦黑，华灯缤纷。

我在前边走，父亲跟在后边，我没有听到父亲鞋拖拉地的声音。扭过头，看到父亲步子迈得很有力，两只胳膊有节奏地甩着，嘴里还哼着歌：向前，向前，向前，我们的队伍向太阳，脚踏着祖国的大地……

朦胧少年

一

我十岁那年喜欢同院里的一位大姐姐。

大姐姐长得可好看。

高高的个，长长的腿，走路一蹦一跳，脑后的马尾辫甩来甩去。

大姐姐喜欢和女孩子们跳大绳。

两个人抡起拇指粗的大绳，其余的人排起长队依次从绳中穿过，谁被绳子绊住就被罚去抡大绳。

我喜欢看大姐姐跳绳，男孩来找我去玩"攻城"游戏，我不去。

他们说我爱和女生玩，流氓。我不理他们。

大姐姐跳出了汗，就从花格格上衣兜儿里掏出一块叠得四四方方的白手绢，轻轻地揩额头上的汗。

我都是把汗和鼻涕一起贡献给自己的两只袖头，袖口蹭得黑亮。

我想引起大姐姐的注意，故意从她身边跑来跑去。

大姐姐根本没觉察到我的存在。

想起来了，我刚刚学会了侧手翻斤斗。

我开始在跳绳的女生旁边翻斤斗，一个接一个。

有几个女生看到我了，大姐姐没看到。

我又转到大姐姐的对面继续翻，累得气喘吁吁。

我看到大姐姐用手指把零落的头发往耳后捋捋，继续跳绳。

我的斤斗就随着大姐姐的视线走。

头晕目眩，天旋地转，砰，身子打了几个滚就轱辘到大绳里了。

我终于引起了大姐姐的注意，听她问身边的女孩：这谁家的孩子？怎么这么讨厌！

妈妈惊奇地看着我头上的包，怎么回事？

我委屈地哭，说，你给我买个白手绢！

二

部队大院俱乐部前面是个足球场，我们称它为大操场。

大操场四周长满了树，有柏树，有果树。

果树挂果时，孩子们都爱去大操场玩。

家长再三交代不能去摘公家的果子，可馋嘴的孩子管不住自己。午睡时是大人最少的时候，也是孩子们去大操场的最好时机。

我远远就看见大姐姐和一群女生在一棵大果树下踢毽子。

我知道她们也想摘树上的果子，踢毽子只是作掩护。

果然，她们开始想办法摘果子了，用根小棍敲打。

我至今也没记住那是棵什么果树，树干灰黑，结的果子有玻璃球大，三五个一串，酸酸甜甜的。

女生打落了低处的几个果子后就望果兴叹了。

我看到大姐姐仰头望着树上的果子，嘴里还喃喃地说，红的都在高处。

我从没上过树，却不知哪儿来的勇气，自告奋勇地爬上了果树。

诱人的果实都在"险峰"处，我骑在树枝上一点一点靠近果实，摘下一串一串的果子抛到树下，红的，大的，我就抛给大姐姐。

我看到了大姐姐满足的笑，她还不时地给我指点着，右边，右下方那串，对对。左前方，头顶上，对。大姐姐的声音真好听。

我还兴致勃勃，女生已经吃够了，开始嚷着牙酸。

不知道是谁说，该吹起床号了，走吧。

女生嘻嘻哈哈就往家属院走，大姐姐就没再回头往树上看一眼。

我才知道自己陷入了多么糟糕的境地，我没法从树上下来。

人走光了，我裤子都蹭破了，还是下不来。我就大喊大叫，结果纠察叔叔找梯子把我拽下来了。

叔叔把我交给我妈，我屁股上狠狠地挨了一脚，嘿嘿，不疼。

三

大操场的一端有沙坑，孩子们在沙坑推沙堆，挖地道。

大姐姐来了。拿了一根竹竿，把小孩子往沙坑外轰。

学校开运动会，大姐姐参加跳高比赛。

大姐姐看着一群小孩，说谁来举竿子？

我高高地举起了手。

我和二胖被选中擎竿。

大姐调整了一个高度，就这样端着，别动。

大姐姐跳了一次，没过。又跳了一次，还没过。大姐姐皱了眉头。

第三次，大姐姐跳过去了。我讨好拍手。

二胖告状说我故意把竿子放低了。

大姐姐很生气地拨拉着我的头，捣什么乱。去一边，换个人来。

我砸了二胖家的玻璃。

四

大姐姐被挑选参加部队的文艺宣传队，和一群当兵的唱歌跳舞。

我放学就到俱乐部去看大姐姐的排练。

大姐姐唱不好一段曲子，当宣传队队长的叔叔在说大姐姐。

大姐姐哭了。

我也难受，回家不吃饭。

我就找茬整我们班的阿飞，我是班长，我有权。

我罚他扫地、打水、倒灰，阿飞不服，不服就揍他。

阿飞的爸爸带着阿飞来我家告状。

阿飞的爸爸是宣传队队长。

大姐姐要和宣传队下部队演出。

叔叔阿姨在往车上装道具，大姐姐站在一棵榕树下，榕树开满了小扇子一样的粉红色花。

大姐姐坐车走了。

我每天放学都到大姐姐站过的那棵榕树下盼她回来。

有一天，放学后，我找不到那棵榕树了，到处都是新挖的坑。

爸爸回家，说参加了义务劳动，把俱乐部前面的树都移走了，要扩建修路。

晚饭后，爸爸说要继续给我讲故事，我捂着耳朵大声说，我不听!

五

远远就见大姐姐和几个女生有说有笑。

刚刚下过雨的大操场留下一洼一洼的浅水。

天很蓝，云很白。水中有蓝天和白云的影子。

大姐姐小心翼翼地踮着脚尖绕过水洼。

我觉得自己表演的机会来了。

我刚刚参加了学校的运动会，获得小学组跳远第一名。

我瞅准了个好机会，大姐姐正好走到一片水洼前。

我噌噌奔跑过去，腾地跃起，从水洼上一跃而过。

我听到了女生"哇"的惊叹声。

我忽略了脚下的路还很滑，落地后，整个后背贴着地皮就滑出去了。

在女生嘻嘻哈哈的笑声中，我听到大姐姐说，跃起的一霎还挺潇洒。

我脸臊得通红，爬起来就跑，不让大姐姐看出我是谁!

大姐姐参军了，绿军装，大红花，真好看。

我们学校扭秧歌欢送。我扭得最欢。

在大姐姐的那辆车前，我扭着秧歌不走。

后面的同学催我，我还不走。他就推我。

我摔倒了。

大姐姐笑了，还和我挥挥手。

我心里那个美啊，真感谢把我推倒的那个同学。

回到家，洗完脸照镜子，

忽然想起，我戴着大头娃娃面罩扭秧歌，大姐姐根本就看不到我。

我再也见不到大姐姐了，才发现自己的腿也蹭破皮了。

我转身找推倒我的那个同学算账去！

六

二十年后，我和大姐姐不期而遇。

说起部队的大院，她点头，记得记得。

说起俱乐部，大操场，她点头，记得记得。

说起大果树，宣传队，她点头，记得记得。

说起我当初的种种表现，她摇摇头，是吗？我怎么不记得？

我的泪啊……

夜　话

夜已深。

院子被夜的静谧罩着，比白昼显得更空旷。

院子里的苹果树挂满了拳头大的果子，散着淡淡的清香。

父子俩坐在果树下，一明一闪的烟燃，不时照亮老人沧桑的脸庞。

娃，记得爹给你讲的故事吧？是啥时间的事啊？

爹，我记得呢。1966 年 3 月 8 日清晨。那天老家发生了强烈的地震。

老人眯着眼，缓缓地说，娃，那时的情景，现在想起来，我还身上发寒啊。当时就像响起了一声惊雷，咱家整个房子就摇晃起来。里屋呼隆一声就倒塌了，你爷爷和你的两个叔叔就闷在里面了。你奶奶和我睡在外屋，你奶奶麻溜地爬起来，我还迷瞪着哪，就被你奶奶用尽力气给推出了门外，整个屋子就全塌了。一家五口，就活下来我一个。天上刮着黑风，响着怪雷，就像谁把天捅了个窟窿似的……那一年，爹刚刚满十岁。

爹，我知道，咱村是那次地震受灾最重的。狂风呼啸，天昏地暗，残垣断壁，房倒屋塌，河堤破裂，黄沙黑水喷向空中，到处哭喊声一片……

咳，人们没有了主心骨啊。有的人就开始拾掇别人家的东西。爹只觉得肚子饿，哭着，跑着。忽然爹被绊倒了。爹趴在地上，呼喊中，发现了一包东西。是一个草纸包，纸包里漏出了一块饼干。爹骨碌爬起来，捧起黄纸包悄悄地塞进怀里。爹这才看清楚，这片倒塌的是村里的代销店。

我记得爹说过，爹从小就吃过一次饼干。那是爹参加村里魏老爷爷的百岁大寿，给每个孩子发了两块动物饼干。爹拿到手的两块饼干，一块是小兔子，一块是小公鸡。

是啊。那年月，哪家孩子能吃得起饼干啊。爹嘴馋的时候，就爱到代销店，闻闻饼干、酱油的香味。那包饼干在爹的怀里揣着，如一盆炭火，烧得爹心里热热的。几次都忍不住想拿出一块放到嘴里，又怕别人看见，嘴里往下咽吐沫。爹知道，那饼干是集体的，公家的。拿了，吃了，不光彩。

爹就把那包饼干揣在怀里一天，饼干都被体温烘热了。

可不嘛。第二天，脚下的地还时不时地颤动。风沙蔽日，寒气逼人。村里的人已经快绷不住了。忽然，天空传来了飞机的隆隆声，有人喊着到村头集合，说周总理来看望乡亲们了。

爹说总理步伐坚定有力，他跨过纵横交错的地裂缝，先走进低矮的防震棚看望伤员。总理蹲在伤员身边，握着他的手，亲切地询问伤情，嘱咐他安心养伤。那伤员就是后来把爹抚养大的白爷爷。

是啊，娃。乡亲听说总理来了，一起涌到村头。那阵子风刮得正猛，乡亲们就围成个半圆，把总理挡在背风处。娃啊，爹就站在总理的身边啊，这就是操心我们这个国家大事的总理啊。他脸上带着疲惫，眼睛发红，嘴唇干裂。爹跑到地震棚子里，拿出一只黑瓷碗，在木桶里盛了一碗水，递给总理。总理端起碗，吹吹碗面上的浮尘，一饮而尽。

爹，总理慈祥地拍拍你的头，拿出手帕，揩去你流到嘴边的清鼻涕和泪水。总理抬头望了望天空，自语道，这怎么能行哪。他立即让身边的工作人员，组织乡亲们调整方向，让乡亲们背着风向。

娃啊，总理迎着风，站到一只木箱上，他大声说的话，你记得不？

记得，爹。总理说，同志们，乡亲们，你们受灾了，受损失很大。党中央，毛主席，让我来看你们。总理说，麦子返青了，地该种了，党员干部要带头把生产搞好。要自力更生，奋发图强，发展生产，重建家园！总理迎风而立，斑白的头发被风吹散，披着的风衣被风鼓起，像一面飘扬的旗帜。

娃啊，爹永远都忘不了总理当时的情景啊。爹当时做的第一件事，就是把在怀里揣了一天的那包饼干放回到代销店的废墟中。

爹，烟熄了。来，点上。

火光又一明一闪地映着老人眼角的泪珠。

娃，爹是第几次给你讲这个故事了？

第四次，爹。第一次，我上小学。第二次，我上大学。第三次，我当选县长。今儿个，第四次。

好了，娃，睡吧，天不早了。

第二天，代理市长走马上任。

和　平

高地上双方狭路相逢。一方要通过高地向后方迂回，一方奉命阻击不得让对方突围。双方都接到上司同样的命令，必须在下午六点前撤出阵地，否则炮火将覆盖高地，高地将寸草不生。

高地三面是悬崖峭壁，沟深百尺，只有一条道路通向山外。高地不大，却是战役中的双方必要争夺的标志性地盘。遭遇的双方打得都很艰苦。突围方实施了几种突围方案，都没有成功，被对方密集的火力给拦截。阻击方被动的反击也遭到对手的重创。每一次密集的火力之后，高地上都会留下几具被枪弹打穿了的尸体。

双方的消耗都很大，谁也没有绝对获胜的把握。弹药已经用尽，剩下的只有肉搏了。

忽然，突围的一方，举起了一块白色的方巾。投降？狙击方的士兵兴奋起来。

举着白色方巾的是一名军官，他大声喊：我要和你们的最高长官说话。

阻击方也站起一个胳膊上扎着绷带的人。

我是上尉卡洛斯。你是谁？

上士詹姆森。

上士詹姆森，我命令停战一刻钟，一刻钟。

怎么，还不投降，还给我下命令？

上士，我们不会投降的。但是，现在必须停战，因为我们有名孕妇要生产了。我们可以刀兵相见，你死我活，但是孩子是无辜的，要让他安全生下来。

上士伸长脖子朝对方阵地看看，没有看出什么名堂：谁知道你是不是耍什么花招，想借机突围吧？

我就坐在这里，你的枪可以对准我。如果我在耍花招，你就可以扣动扳机了。

双方陷入了沉默。上士果然听到了女人的呻吟声。上士耸耸双肩，也慢慢坐下，手中的枪还是警惕地对着上尉。

一刻钟过去了，女人在呻吟。

又一刻钟过去了，女人还在呻吟。

上士喊着，你们打仗还带着孕妇，太不人道了吧。

我们就是护送她回后方去分娩的。她的丈夫在上次战役中被炸飞了，她是来给丈夫送行的。不人道的是你们啊。

斗嘴似乎没有什么意义，双方又陷入了沉默。

女人的呻吟声弱下去了。

上士忍不住又抬头瞅了瞅，生了吗？

快了吧。生孩子的事，我也没有遇到过。上士，你结婚了吗？你有孩子吗？

有，两岁了，男孩，小家伙很结实。上士嘴角挂上一丝笑容。

女人的呻吟声又强烈起来，阵地上有了希望的活力。双方的士兵都从紧张的状态暂时松懈。天空很蓝，云很白，夕阳烧红了脸。有的士兵吐着烟圈，有的吹着口哨，还有的小憩眯起眼睛。

哇——一声啼哭，划破寂静的高地上空。

生了，生了。

噢——双方的士兵竟然都欢呼雀跃，他们听到了最美的天籁之声，他们竟然忘记了刚才还是刀枪相见的对手。

上士，问问是男孩还是女孩？

上士喊着：上尉卡洛斯，生的男孩还是女孩？

哈哈，上帝保佑，是双胞胎，男孩女孩都有！

噢——又是一片欢呼声。

一个士兵捂着脸抽泣着，我也有个女孩，我也是刚当了爸爸，就在上个月。还没有来得及给女儿起名字。

上士：你们给孩子取个什么名啊？

上尉：孩子的母亲说了，就让大家给取个名字。我看这样吧，我们给男孩取名字，女孩的名字你们给取。

双方都在商讨着给孩子取个什么名字，晚霞映红了山涧。

上尉：我们给取好名字了，你们怎么样啊？

上士：我们也给取好了。

男孩叫——和和。

女孩叫——平平。

和和——平平——和和——平平——

上士：能看看我们的平平吗？

上尉抱着平平，小心翼翼地走来。上士接过孩子，襁褓中的平平粉嘟嘟的脸蛋，柔黄黄的头发，安静地甜甜地睡着。孩子在士兵们的手中传递着，像幸福的花朵在他们怀中开放。

他们忘却了时间，忘却了六点钟之前必须撤出高地的命令。

当排山倒海的炮弹呼啸而来时，双方的士兵不约而同地拥到一起，紧紧地护住了襁褓中的和和平平。

高地硝烟弥漫。

秋　祭

　　我和红酒是朋友，红酒写小小说。

　　红酒笔下的故事，都是以相思镇为背景的。"小贱妃"是红酒一篇小小说里的人物。

　　当年，相思古镇有个唱青衣的女演员，饰演皇姑爱由着自己的性子来，她忘了自己是身穿日月龙凤衫的金枝玉叶，只要一出场，手端玉带侧身站定，就冲观众频频地丢媚眼儿，师姐给她起了个绰号"小贱妃"。"小贱妃"的戏格外出彩，观众喜爱，也惹得县里的一个头头儿春心荡漾，想对"小贱妃"非礼，岂料"小贱妃"戏里戏外两样人，义正词严地拒绝，全没了往日的妖媚惑人。

　　我赞叹红酒笔下的人物形象，也很想见识一下"小贱妃"的原型。

　　红酒认为我的想法可笑，那小贱妃是把舅舅讲的故事加工后虚拟出的人物，怎么能让你去现实中对号入座？

　　难道不可以吗？我还去拜访过你小说里的人物二功子呢。

　　红酒不再做声。

　　前年冬天，海外一个朋友看了红酒的小说《二功子》，专程从美国赶来要见见这个说书人。那天忽地飘起鹅毛大雪，去乡下的路很难走，车轱辘打滑，我们惊出一身冷汗。二功子听说是外国客人来访，高兴坏了，叫了几个朋友，就在土坯屋里拉开了场子，连说带唱了两个多小时，恨不得把自己的绝活都使出来，引得海外的朋友直翘大拇指。回到城里，我们全感冒了。红酒说只当是为申报非物质文化遗产做了点贡献，这个贡献的代价是她咳嗽了俩月，挂了十多天吊瓶。

　　周末，我和朋友相约去相思古镇寻访一座明末清初的古戏楼。时至晚秋，天已渐凉，道旁的白杨树在秋风中抖索着，枯黄的落叶在瑟风中飘零。垂暮泛黄的野草却显得精神饱满，摇曳着坚韧婀娜的身姿，不卑不亢地凄凉着。

古戏楼孤零零出现在村口，看上去比我想象的还要沧桑。戏楼是两层土木结构硬山式建筑，下面的一层据说是演员起居和放置道具的场所，二层就是演出用的戏台了。台子上的楼板已经破裂，围栏也腐朽不堪，两根柱子上有楹联一副，字迹依旧遒劲飘逸：是虚是实当须着眼好排场，非幻非真只要留心大结局。

村里人见有陌生的面孔来访，便三三两两地聚过来，好像也是第一次看到古戏楼子，与我们一起转悠看。

这里唱过大戏吗？我觉得这不过是民间艺人的杂耍地方。

唱过！全本的《穆桂英挂帅》《西厢记》《铡美案》都唱过，你们不知道，听老人说起先这戏楼子对面是东大庙和昭帝寺，再往前两里地就是清代商铺一条街，繁华得很。每逢大集这儿都唱大戏，一唱就是七八天，热闹着哩。

噢，那你们听没听说过，当年剧团里有个绰号叫"小贱妃"的在这里唱过戏？

村人摇摇头，这是明清的戏楼，几十年前被当做学校，后来成了危房，学校早搬走了。

我走到二层的戏台前，凭栏眺望，想象着当年的繁茂风华，禁不住唱了几句现代京剧。

我的朋友经不住我的怂恿，也来到台前，唱了一段《梅妃》：

下亭来只觉得清香阵阵，整衣襟我这厢按节徐行。
初则是戏秋千花间弄影，继而似捉迷藏月下循声……

朋友喜欢戏曲，大学里曾修过此类课程，程派的韵味还是有的。我叫了声好。

村民都是在豫剧曲剧窝子里泡大的，对京剧没有多少概念。唯独一个背着柴草的老婆婆似乎听得很专注，还轻轻地点着头合着节拍。

婆婆，一看就知道您懂戏啊。我这位朋友唱得怎么样？

婆婆说，程派，唱得还中，就是神态不像。

哈，真遇到行家了。婆婆，您给指点指点。

婆婆环顾四周，犹豫着。

婆婆，我们从城里来，专们来访古戏楼。看这戏楼子多年没有琴鼓声了，它寂寞着哪。我看您老懂戏，也来一段吧，也不枉这戏楼子在咱村口矗立了几百年。

婆婆让我说动了心，放下柴草，掸掸褂子上的浮尘，伸手捋了捋头发，蹒跚着走上戏楼。就在她往台中央一站的那个瞬间，我们都惊呆了，只见她全无了不安和拘谨，一个亮相，开口唱的是《西厢记》里的红娘：

怨只怨你一念差，乱猜诗谜学偷花。

果然是色胆比天大，黉夜深入闺阁家。

若打官司当贼拿，板子打、夹棍夹、游街示众还带枷。

姑念无知初犯法，看奴的薄面就饶恕了他。

一曲唱罢，竟然往台下丢了个飞眼。我们大声叫好。

村民说，还不知道怡萍她娘会唱戏哩。她闺女怡萍在剧团唱戏，多少年也没唱出个啥样法。听说傍了个大款，立马就出名了。在城里买了房子买了车，要接她娘进城享福，她娘死活不去还把闺女给骂走了。

婆婆走下台，朝我笑笑，又佝偻着身子，背起柴草郁郁而去。

品咖啡时，我把经过告诉了红酒，我说她肯定就是当年的"小贱妃"，假如她当初能灵活些，别得罪了权贵，现在也不至于落到这种地步，没准还在舞台上风光哪。

人，总要活个气节吧。红酒不再搭话，凝神望着窗外，轻轻地唱了两句。什么词没听清，只是觉得那曲调除了低回婉转外还有些许惆怅忧伤……

秋　荒

我和非鱼是朋友，非鱼写小小说。

非鱼说，写字写累了，找个地方采采风，轻松轻松。

好啊。我们开始合计着去哪儿，我这座城她来过多次，该玩该转的也都去了，她那儿也游了几次，没啥新鲜感了。

要不，就去你的荒岛吧。

非鱼笑了。非鱼有篇小小说《荒》，一个叫民的人，为了躲避现代城市的喧嚣，去了一个荒岛。又耐不住一个人的寂寞，只好又叫来一个女人。结婚生子，不断地引入各类人物，在自己千辛万苦营造出来的现代化岛国里，重新陷入人类的尔虞我诈勾心斗角，不得已只得再次逃遁。

人是耐不住寂寞的，能耐住寂寞的不是人，是神。没人会喜欢荒岛。非鱼说。

我说，不见得，我的朋友何乃儿就特别地怀念荒岛。

何乃儿是个女孩，是个不漂亮的女孩。何乃儿知道自己长得不招人待见，因为连女孩子也不愿意同自己玩。何乃儿更多的时候都是自己在屋里看书。

女友萌萌来找何乃儿了，说准备去死海泥湖玩，涂一身黑泥巴，还护肤美容。何乃儿被说动了心。准备行程的前一天，萌萌忽然来电话，吞吞吐吐地说，同去的几个男同学说人多了，玩着不方便。何乃儿晓得是男同学不愿意自己加入，她豁达地对萌萌说，你去玩吧，我也有了另外想去的地方了。

何乃儿看着自己准备好的行装，心里有些沮丧。她看到晚报广告栏里介绍了一个新开发的海滨景区，闲着也是闲着，自己就去玩一趟。

随团行进的路上，大家又说又笑，却没有人与何乃儿搭腔。何乃儿还听到几个男孩不怀好意的说笑。那个白胖子还夸张地说，可以降下波音747了。他们是嘲笑自己的胸脯平展，缺少女人特征。她装作什么也没有听见，看着窗外海滨的秀丽风景。

在海边戏水满惬意的，四个男孩忽然租来一只橡皮艇，招呼着还有谁愿意上来。何乃儿就跳了上去。白胖子说，迫降啦。他们哈哈笑着，发动皮艇驶向太阳滑落的地方。皮艇离海岸也越来越远。他们这才发现，刚才还明媚的天空不知何时已经变得乌云密布，黑压压的云仿佛伸手就可以触摸到。他们慌了，赶忙找桨划水。雷雨风暴顷刻间就光临，小艇在风浪中任意颠簸，如一枚飘零的树叶。他们喊着叫着哭着，都无济于事，皮划艇将他们翻入大海。

他们清醒过来的时候已经在一片沙滩上，这儿是个孤岛。谁也说不清楚是怎样在海浪中逃生的，大浪几乎扒光了他们身上的衣服，只有白胖子绷在身上的T恤还在。

何乃儿双手紧紧抱着胸，坐在一块岩石上，干瘦的身躯瑟瑟发抖。白胖子忽然脱掉了自己的T恤，走到何乃儿身旁说，穿上吧。何乃儿套上T恤，宽大的衣服穿在何乃儿的身上就像披了一件道袍。

雨停了，风还在刮。瘦子找了个避风的地方，大家挤了过去。瘦子说，反正也睡不着，我们讲故事吧，什么都行。大家就轮着讲自己的事情。何乃儿说了自己的故事，因为我长得不招人喜欢，所以没一个朋友。瘦子说，其实，你的皮肤挺好，又白又细。胖子说，你的一头长发又浓又密，我可以摸摸吗？何乃儿说，可以啊。瘦子说，我们四个围成一圈，把何乃儿围在中间，会暖和一些的。何乃儿连忙摆手，不行不行。胖子说，怎么不行，你就是我们的公主。还搂住了何乃儿的肩膀。何乃儿小鸟依人般倚在胖子身边，几个男的竟然有些嫉妒了。

第二天，风和日丽。孤岛上的风光绮丽无比。何乃儿说，我们现在只有等待救援了。与其坐等，还不如我们游游这个小岛哪，好歹我们跟它也是有缘的。大家同意，就沿着岛屿游玩，一边还采集着能填肚子的野菜，鲜嫩的野菜都先给了何乃儿。何乃儿很高兴，告诉大家，今天是自己二十岁的生日。真的？几个男的开始分头采集野花，瘦子的手很巧，编织了一只绚丽多姿的花环，戴在了何乃儿的头上，几个人把何乃儿抬起来，一边走一边唱着"祝你生日快乐"。何乃儿感动得眼泪都跑出来了。

忽然，远处有了船的影子。大家欢呼着又跑又跳，奔向海边。上了船，何乃儿发现自己头上的花环掉在了沙滩上。何乃儿撒娇地说，我的花环，谁去把人家的花环拿过来。船上的男孩就跟没有听见一样，看也不看何乃儿。何乃儿自己跳下船，把丢在地上的花环抱上了船。一路上，没有人再和何乃儿说话，直到上岸分手，也没有人和何乃儿道别，仿佛形同陌路。

何乃儿时常坐在靠近窗边的竹椅上，出神地望着挂在窗棂上的一只花冠。花冠是用野草野花扎成的。野草早已枯黄，野花也枯萎得如干瘪的姜皮。何乃儿望着花环发呆，她总念叨着还想去那个带给她快乐的荒岛。

非鱼听完故事，没有说话。

我说，想好了没有，到底去哪儿啊？

非鱼说，热闹的地方。我们去看菊展吧。

古城汴梁，菊花如海，人流如云……

秋　茫

我和蔡楠是朋友，蔡楠写小小说。

蔡楠送我的集子就放在案头，书名是《行走在岸上的鱼》。

我的孩子喜欢读小小说，他说他班里的同学都读，可以提高作文成绩呢。特别是班里的同学知道他爸爸是个写小小说的作家都羡慕晕了。

孩子看了蔡楠的小小说，问我，爸爸，蔡叔叔为什么让白洋淀的鱼都到岸上去行走哪，鱼儿离开了水还能生存吗？

我告诉他，这是小说的一种表现手法，是寓言体的小小说。由于人们破坏了鱼儿生存的环境，逼得鱼儿不得不到岸上行走。这篇小说告诉人类要保护好环境，珍惜我们的家园，人类和各类动物植物要和睦相处，这样，我们这个世界才能更加美好。

孩子对鱼的话题有了兴趣，说，爸爸，周末我们去钓鱼吧。

好啊，可是没有地方去钓。

鱼塘啊。对门二子他爸成天都去鱼塘钓鱼，那儿的鱼又多又大。

鱼塘里那也叫钓鱼啊。人家养好的鱼，故意饿鱼几天，钓鱼的人只要下钩，鱼就疯咬，有啥意思嘛。

孩子不解，爸爸，不去鱼塘钓去哪儿钓啊？

我真的觉得城市里长大的孩子挺可怜的。我就给他讲自己小时候捉鱼的趣事。

我的老家依山傍湖，老屋的后面就是一条小河，河水蜿蜒而去，与远方的湖相通。大人担心孩子们出事，叮嘱不要去湖里玩。其实那条小河就足够我们玩的了。河里的鱼，没湖里的大，多是一尺左右的草鱼，还有河虾螃蟹。夏天跳到河里洗澡，会有鱼儿啄逗你的腿和脚丫子。生活最困难的岁月，东北的大姨大舅把表哥表姐都送到了我们乡下，吃饭前，我们用窗纱编制的网，沿着河边兜上一遍，就会捞起一大碗的河虾。大人用块猪皮擦擦锅底，把河虾往锅里一倒，鲜香的气味馋得人直流口水。河虾就着玉米面饼子，把我们都养胖了。

那时钓鱼根本就不用鱼竿鱼钩。折下岸边的柳条，把蚂蚱穿在枝头，放入水中，枝条一动，猛地一甩，就把馋嘴的鱼儿给拽出来了。有一年，六月天，连下了几天暴雨，河水涨了，屋檐流下的雨水也形成一道道的溪流蜿蜒着淌到了河里。第二天清晨，我们来到后院，看到屋檐下躺着一片白花花的草鱼。原来，产卵的鱼儿沿着小溪逆流而上蹿到了屋檐下。

孩子被我讲的故事吸引了，放暑假，死缠硬磨地要我带他回老家。一天一夜的火车，两个小时的汽车，风尘仆仆赶到了老家。孩子顾不上歇息，拉着我就去老屋后院。清凌凌的小河不见了，只剩下一条黑乎乎散发着异味的水沟。

怎么会哪，河去哪里了？

母亲说，哪里还有河啊。村子四周建了几个厂，这河就成污水道了。

孩子问，奶奶，那还有鱼吗？

母亲说，哪里还能有鱼，作孽啊。

孩子失望地撅着嘴。

我说，你知道蔡叔叔为什么让鱼都到岸上行走了吧？

孩子不甘心，还是跳到水沟里寻觅着。爸爸，你讲的故事都是编的，骗人的。

我无言以对。

孩子忽然大叫起来，爸爸，鱼，快，有鱼。

我急忙过去，草根处，两条指头粗细的小鱼半死不活地漂浮着。

找来罐头瓶，赶紧把它们盛进去。

为了迎接两条鱼的到来，我专门去鱼市买了鱼缸。

孩子放学回家的第一件事就是趴在鱼缸边看。给鱼换水，孩子坚持去鱼塘里提水，说是家里自来水都是经过消毒的，不适合鱼儿的生长。有一次，我也懒了，就用自来水给鱼换上了。孩子不高兴，说鱼出了问题让我赔。

养了一段时日，鱼缸周围浸满了水渍，不太好清洗。孩子也不懂，拿着洁厕剂就往鱼缸里喷，等我发现时，鱼缸已经清洗干净了。我想，这鱼还不得给扒层皮。怕孩子伤心，我没敢吱声。谁知那鱼儿照样活蹦乱跳，跟喝了兴奋剂一般。

中秋节，我做了桌好菜，一家三口举杯邀月，大快朵颐。半夜，全家人上吐下泻，被120送进了医院，检查结果，食物中毒，都是凉菜上的残留农药惹的祸。三天的假期，一家人是在医院里度过的。

出院时，妻子忽然想起来了，说，不好，择菜时，觉得菜叶扔了可惜，就撕巴撕巴放鱼缸喂鱼了。这人都闹翻了，鱼还能活着？孩子大哭。

进了家，三人一起跑到鱼缸前，菜叶已被鱼儿吃得精光，两条鱼儿正悠闲自得地追逐嬉闹。

孩子瞪大眼睛说，爸爸，你告诉蔡叔叔，其实鱼的适应能力挺强，它们不用到岸上去行走的。

我立即拨通了蔡楠的电话。

秋　乱

我和奚同发是朋友，奚同发写小小说。

写小小说的奚同发是个记者。奚同发好好当他的记者呗，偏偏把小小说也写得有滋有味。他的小小说《最后一颗子弹》，写刑警吴一枪面对持枪歹徒，毫无惧色，利用强烈的心理震慑，竟然把惯匪给吓死了，心脏收缩得像石块，苦胆也迸裂了。故事离奇，对我很有诱惑力。奚同发说，这是真的，他采访过吴一枪。

从奚同发那里知道，吴一枪去了一家派出所任职，我找到吴一枪，说，也带我体验体验生活，破个啥大案子过过瘾呗。

吴一枪说，基层所破不了大案，破案是刑警队的事情。我们主要是维护当地治安，抓几个小蟊贼。

抓蟊贼也行啊。我做出电影里看到的动作，都别动，举起手来，我是警察。

吴一枪笑了，你警匪片看多了。

热闹的地方，也是蟊贼光顾的地方。我和吴一枪在影院街转悠。一家大卖场正在搞促销活动，人头攒动。吴一枪抱着双臂，眼睛在不停地扫描。

我看到一个人东瞅西瞧，紧紧张张的样子，说那儿有个可疑的对象。

吴一枪说，那是刚进城的乡下人。正是秋末换季的时候，兜里装着钱，总是怕被偷被抢了。你看他的手老是下意识地护着胸前装钱的口袋。其实，这样最容易被蟊贼盯上。

吴一枪说，看到试衣镜旁边的那一男一女了吗？他们准备下手了。

怎么可能啊，那一对男女装扮入时，温文尔雅。

你以为蟊贼都是贼眉鼠眼，猥琐不堪啊？

我瞪大了眼睛。那男人拿起一件衣服，在女人身上比画着，抬高放低地看。我看出眉目了，他是用衣服来遮挡住其他人的视线，那女的迅速地把手伸进了一个正在试衣服的顾客口袋里，几乎是眨眼之间，钱包被掏了出来，女人在接男人递过的衣服时，将钱包转移到男人手中，男人马上朝门口走来。经过我们面前的一瞬间，我的心还在紧张地狂跳，吴一枪却敏捷得像只鹿，没等我反应过来，他已经把男的给按住了，又潇洒地朝着那个目瞪口呆的女人摆了一下手，走吧，一起去吧。那女的乖乖地跟着吴一枪走了。我也被蟊贼偷过，对小蟊贼也是恨得咬牙。亲眼见吴一枪抓蟊贼，我还是显得很紧张。吴一枪视同家常便饭，我的手心却攥出了汗。

在卖场抓的两个蟊贼是有惊无险，在公交车上的经历是又惊又险啊。

吴一枪带着我上了8路车，他还是那个老样子，抱着双肩，身子随着车子在颠簸，眯着眼似乎是在打盹。

我可是瞪大了眼睛，在人群中扫来扫去的，看谁都觉得可疑。

在丹尼斯商场站，上了不少人，车内有些拥挤了。

我的钱包不见了，车上有小偷，司机停车。有人惊叫着。声音挺瘆人，我出了一身鸡皮疙瘩。

车厢里骚动起来，有人就往车门口挤来。

吴一枪不急不火的，盯着挤到身边的光头男子，说，把你的同伙叫过来跟我走吧。

光头男人一怔，瞪着眼睛说，少管闲事。

我说，把你偷的钱包拿出来。

光头竟然给了我一拳。太不拿豆包当干粮了吧？我扑上去就把光头压在了身下。

两个穿皮衣的男人冲过来，一个从腰间拔出了匕首。吴一枪又是身手敏捷，一把将拿刀人的胳膊扭到背后，喀嚓，手铐就锁上了。三个蟊贼灰溜溜地被我们带到所里。

吴一枪说，你可是越位了啊，多危险。

嘿，路见不平一声吼，该出手时就出手啊。

看你文质彬彬的，还有股猛劲。

中午盒饭，我和吴一枪每人吃掉两份。

看到街角有个报刊亭子，我就去转转，这一转就转出了问题。我在一家刊物上，发现我的一篇小说竟然被人全本抄袭发表了。

这也太明目张胆了，只把我的名字换了，连一个字都没有改动。

吴一枪说，你不会弄错吧，现在题材撞车的事情很多啊。

题材可以撞车，连语言也可以撞车吗？你看着这篇小说，我背给你听。

我顺利背下了一大段。这篇小说我早在半年前就发在西北的一家杂志上了。

我拨通杂志社电话，说明了缘由，又拨通了抄袭者的电话，那家伙满不在乎，居然说，哎呀，不要说得那么难听啦，什么剽窃抄袭啦，不过是一篇小文章啦。你已经发过了啊，就像是炒股票啦，你卖掉我再买来玩玩，大家赚几个小钱玩玩啦。我用了你这篇文章，也再次说明你的文章好好啦。让杂志社把稿费寄给你好了啦，不打不成交，我们也是朋友啦。拜拜啦。

电话挂了。我都懵了，还没有遇到过这么理直气壮的剽窃者呢。

吴一枪，你说，这事咋办？

吴一枪挠着头，说，不知道，总不能给他一枪吧，再说，也不知道这一枪打哪儿。

我要找奚同发，问问他，这事儿要搁在吴一枪身上，他怎么来结这个尾？

工 人

游总说，给我查一下，五公司有个叫郑伟的资料。

秘书很快就从电脑里调出来：郑伟，男，1960 年生。1979 年入厂，高中毕业，五公司电焊工。

就这么多？

就这么多了，游总。

你们再详细了解一下郑伟的背景。

办公室送来了郑伟的基本情况。郑伟，出身工人家庭，父母均是本公司的退休工人。郑伟是 1979 年接替父亲退休后顶替入厂的，入厂后一直在五分厂（现为第五工程公司）做电焊工。该职工是厂里的技术能手，每年都被评为先进工作者。已婚，妻子也是本厂职工，生有一女，取名焊花，现在大学读书。

游总说，情况还是太简单了。

办公室罗主任说，游总，您到公司的时间不长，郑伟的情况我还是有些耳闻的。总公司以前发过简报，介绍过郑伟的一些事。

说来听听。

罗主任笑了，说，两件事，也挺有意思。那年，公司的一位职工得了肿瘤，住在咱公司的职工医院。医院治疗时，要把药物注射到肿瘤上，得用 200 毫米长的针头，可是医院的注射针头最长才 70 毫米，买都没有地方去。正好，那天郑伟他们来医院看病友，听说了这件事。这小子也真行，拿了几个针头拿看看说，我来焊几个试试。他把几个针头拿回到厂子里，琢磨了半晌，就用电焊枪把三个 70 毫米的长的细细针头焊接在了一起，天衣无缝。那技术还真是了不得。市里的医院听说了，也来找郑伟帮忙焊接了几个专用的针头，还给公司送来了感谢信，我们也才知道这事。那时郑伟进厂子才几年，二十多岁初生牛犊。

游总说，敢揽瓷器活，肯定手里有金刚钻。

是的，郑伟这小子爱钻研。听说就学习焊接的笔记都记了几十本。这个郑伟是有点个性。我还记得有一件事。公司进行职工技术评定。一般来说，还是要讲讲论资排辈的，毕竟老同志多，也得有个照顾吧。可是郑伟这小子不愿意了，公开叫板，要和几个评为高级能手的老师傅比试比试。老师傅也不怵他，就和他比试。可他说那些常规的焊接技术没啥可比的，要比就比尖端的。这小子提出的是要把像香烟锡纸一样薄的不锈钢波纹管和一指厚的不锈钢法兰盘焊接在一起。咱都知道，那两样的东西厚度相差大，焊接得使用专用设备。郑伟就用他手工电弧焊来给完成了。当时就轰动了全场，老师傅们也不能不服气。后来听说，有家民营企业高薪来挖他，他说，我的技术是厂子里给培训出来的，我不能忘恩负义，给多少钱也不走。郑伟这小子有志气。

工程部来电话，正在安装的进口设备遇到了难题，工程受阻。游总急匆匆赶往现场，还不忘交代罗主任，再了解一下郑伟的情况。

罗主任有些纳闷，游总刚来不久，没有对他们这些中层经理们表现出啥热情，怎么对一个基层工人这么关注，郑伟莫非真有啥背景？都说水深鱼大，林大藏虎，郑伟是不是要走运了啊。

工程现场一片忙碌。

总指挥十分焦急，游总，这套 K 国的设备在安装中遇到了难题。SW系列轮子需要加工的幅板间距小。可是，公司目前的工装设备只能加工一米以上的工件。我咨询了本市的好几个协作厂，都无法解决。如果到外地再购设备，少说也得三天，工期就得延后了。

游总眉毛一挑，我不管你遇到什么困难，工期一天也不能拖，拖一天就要损失几十万，你能负得起责任吗？

总指挥额头浸满汗珠。

一位老工人说，总指挥，找五公司的郑伟来试试。

总指挥眉头紧锁，郑伟？郑伟是什么人？

老工人说，焊工。

你们不都是焊工吗？你们都解决不了，他行？

游总说，派车，调郑伟来，快。

郑伟是在河边钓鱼时，被公司的人找到的。郑伟专门回家换上了离开公司时穿的那件工作服。郑伟到达现场的情景很壮观。正是中午时光，整个工地都静下了，百十双眼睛注视着一身油腻腻，脸上还躺着汗水，黑乎乎的瘦高高的郑伟，一步一步朝工地走来。

总指挥简单给郑伟讲了情况。郑伟脸上没有任何的表情，只是走到部件前仔细地观察，翻看着连技术员都有些弄不明白的图纸。郑伟把几个老师傅叫到一起，把自己的想法说了一遍，又和几个人演示了一番。

总指挥听了郑伟的建议，说可行是可行，但是在不足一米的管道内焊接，别说技术难度大，就是里面的温度也会把人烘烤干的。

郑伟说，总指挥只要同意我们的方案，焊接的活，我来，保准没问题。

连续五个小时，郑伟除了喝了几瓶水，一直卧在工件上。最后是师傅把他拖出来的。郑伟脸上挂着自信，说，解决了。

工地上一片欢呼。

游总握住了郑伟的手，郑伟，怪不得公司就一个去西欧考察的名额就给了你。了不起啊。

办公室罗主任打来电话，说详细了解过了，郑伟没啥背景，就是个普通的电焊工。

游总说，是的，一个名副其实的工人！

郑伟正擦着汗，红扑扑的脸膛朝阳一般灿烂。

愚公移山

愚公决定移山。

愚公召集全家人，捋着长白的胡子说，我决定把拦在我们家门口的王屋山和太行山移走。

孩子们纷纷点头表示赞同。

愚公的妻子不同意，孩子们不懂事，你一把年纪的人也不懂事？这两座山方圆百里，高几万尺，它们不知道在这里生活了几千年几万年了，我们干吗要移走。

愚公说，妇人之见。这两座山阻碍了直通冀州难达汉水。别说你们谁也没有去过那里，我活了九十岁了，胡子都比我的重孙子长了，我也从来没有见过外面的世界。你们愿不愿意出去看看外面的世界？

孩子们情绪激昂，外面的世界一定很精彩，我们要去。

愚公说，那好，明天我们就开始挖山。

愚公妻子说，就算大家都去挖山，挖出来的那些石头和泥土又往哪里扔呢？

愚公说，我们把挖下来的石土运到海边，填海。

愚公就率领着子孙，凿石头，挖土块，再用簸箕和筐子把石土运到渤海的后面去。运送的路途遥远，他们往返一次就要经历从冬到夏。

邻居智叟听说愚公的计划，又现场考察了他们的实际运送情况，对愚公说，你们不是儿戏吧，就凭你们的力量能把这两座山搬走？开天大的玩笑。你都这把年纪了还能活多久？

愚公长叹了一口气，说，虽然我会死的，可是我还有儿子呢！儿子又生孙子，孙子又生儿子，儿子又生儿子，儿子又生孙子，这样子子孙孙都不会断绝的呀！而这两座山再也不会增高了，还怕挖不平吗？

智叟摇摇头，退一步说，我们现在的生活不是已经很平稳很好了吗？干吗非要出去哪？你觉得出去就会比我们现在还好吗？

愚公说，你目光短浅，是看不到未来世界的变化的。我要让我的后代和你的后代，将来能看到外面的世界，就像我和你来往这么方便。

愚公自知来日不多，就立下遗训，后来子孙当以移山为重任，继往开来，不达目的绝不罢休。

智叟也给后人留下遗训，我不相信愚公及其后来子孙能够搬走两座高山。儿等后辈要继续劝说愚公后人，不可做愚钝之事。愚公何时听劝停止挖山，我方可九泉之下瞑目。

愚公的后代，只要刚会走路，家人就要讲传统教导他立志挖山。步履蹒跚的愚公娃娃也拿个小铲往筐子里填土。

智叟的后代，只要刚咿呀学语，家人就教导他不要像愚公那样做傻事，长大了要劝导他们，你的祖宗们才能安息。乳牙未退的智叟娃娃也会背着手摇着头说，不可，不可。

愚公的家族兴旺，参加挖山的人越来越多，可以说是浩浩荡荡了。智叟家里就开了茶馆，办起了私塾。来茶馆歇息喝茶的愚公们就听智叟们喋喋叨叨的劝阻和风凉话。愚公们就与他们畅想着搬走山后能放眼望去的新奇美好的前景。在私塾里讲学的智叟们就历数愚公的混沌行为，愚公的家人和智叟的家人就经常展开挖山与不挖山的辩论。

星转斗移。愚公们把山搬走得越来越多，智叟们似乎也相信只要锲而不舍，山总是会被挖平的。智叟也开始给愚公出主意，山是可以挖平的，但是也不需要蛮干。没有必要非得把整座山搬走，只挖一个洞，人能过车能行就可以了，主要是可以到外面的世界看看就是了。愚公觉得智叟的话有道理，就放弃了大规模的人海战术，集中人力物力分班分组昼夜不停挖通道，掘进的速度和效率大大提高。

在时光跨入二十一世纪，愚公们终于撬开了最后一块山石，打通了山路。没有欢呼雀跃，没有振臂高呼，只有一双双眼睛惊奇地瞪着这个新奇的世界，他们从来没有见过，也想象不到的世界，高楼林立、车海人流、五光十色、物欲横流。一阵风吹来，忽然，前面的几个愚公缓缓地倒下了，在河边掬水畅饮的智叟也口吐白沫倒下了，后面的人急忙把他们拖回洞中，不好，他们的空气中和水里有毒。外面的世界似乎也发现了他们，快看，快看，野人，野人出现了。我们要开发旅游区。人们蜂拥而至。愚公吓坏了，年长的立即命令大家重新填土堆石头，把洞口封上。

智叟说，祖辈劝你们不要挖山是对的啊。看看你们想去的是什么样的疯狂世界，他们都生活在毒药里啊。绝不能让那些毒物进入我们的家园，快把山再搬回来。

愚公又开始移山了，他们在忙碌着把搬走的土石再运回原处。

田忌赛马

齐国大将田忌勇猛善战，立功无数，喜欢赛马。

齐威王也喜欢赛马，并且总是把赌注下得很大。

田忌与齐威王赛马三局两胜制，将马分为上中下三个等级。齐威王马匹千计，各等级的马匹实力都比田忌要强壮得多，每次赛马，田忌都是以失败告终。这让田忌十分郁闷。

田忌的好友孙膑说，我知道将军是在为赛马失利而苦恼。其实，在我看来，你的马和齐威王的马，实力上差不了多少，输在你的策略上。

田忌顿时来了精神，愿闻详情。

孙膑说，齐威王势力强大，在国内广招好马，每个等级的马都比将军的马快。

田忌说，是啊，所以我屡战屡败。

孙膑说，其实，只要将军将赛马的秩序调整一下就可以马到成功。

田忌急不可耐，你说说如何调整法？

孙膑说，你可以用你的下等马对齐威王的上等马，用你的上等马对齐威王的中等马，用你的中等马对齐威王的下等马。这样保你两胜一负，稳操胜券。

田忌闻后大喜，立即找齐威王赛马，果然如孙膑所料的那样，田忌二比一获胜。田忌大摆酒席款待孙膑。

齐威王连续赛马失利，十分沮丧。为赢回本钱，几乎每天都要和田忌赛上一回，可是每赛必输。齐威王心中窝火，竟然病倒了，茶饭不思。

齐威王手下的一个驭手，见大王病倒，便来求见，称有办法战胜田忌，只需纹银千两。

齐威王大喜，叫人拿来纹银交与驭手，说，如果此次获胜，还有重赏。

驭手说，大王尽管约田忌前来赛马，只是赌注一定要大，让田将军从此不敢再与大王赛马。

齐威王便差人约田忌前来赛马。

田忌因为齐威王生病，好多天不赛马了，心里着急上火。听说齐威王又邀请他赛马，自然高兴之至，便带着马匹和驭手前来参赛。

第一局，齐威王的上等马出战，田忌用下等马应付。齐威王下的赌注是半个家产，田忌毫不犹豫地答应了。

赛马开始，齐威王的马自然是一马当先，最先冲到终点。

齐威王笑逐颜开，田忌也是面不改色。

第二局，齐威王的中等马出战，田忌用上等马应战。田忌下的赌注也是半个家产。齐威王说，如果你再输了，你可就真的是倾家荡产了。

田忌胸有成竹，嘴上却说，我只是想捞回刚刚输掉的半个家业，齐威王手下留情啊，哈哈哈。

赛马开始，锣声响过，田忌的赛马箭一般蹿出，齐威王的赛马却还在原地不动，齐威王的脸当时就白了，摔了手中的酒杯，刚想斥责，就听到一阵急促的锣声，裁判判定田忌将军的赛马违规抢跑了，重新开始比赛。跑出半程的赛马又被牵回原处。

重新开始，情况依旧，田忌的赛马又是抢跑在先，跑出半程的马又被牵回，赛马已经开始喘着粗气了。

田忌急了，你们的锣是怎么敲的？

齐威王说，田将军莫要紧张嘛，也是你的马求胜心切啊，欲速则不达。你看我的马就是训练有素，原地不动啊。来来来，喝酒，喝酒。

锣声再起，赛马腾空而出，双方几乎并驾齐驱。田忌的上等马优势不再，最后时刻体力明显不支，齐威王的赛马领先一个身位率先到达终点。

好！齐威王一饮而尽，说田将军的马也相当不错啊，只是险胜，险胜。

田忌脸色发白，坐在椅子上，如同刚刚跑完赛程的马匹一般直喘粗气。

齐威王拍着田忌的肩膀，说田将军，最后一匹也就不用再赛了吧？

田忌说，不，要赛，赛到底！

齐威王说，还赛啊，将军已经输光了所有的家当，你押什么啊？

田忌说，就押我这双手。

第三局，齐威王下等马出战，田忌用中等马上阵。

赛前，裁判认为田忌的赛马尾巴太长，还来回地摆动，都甩到了其他马的眼睛里，要求把赛马的尾巴剪短。驭手认为这是无理取闹，拒绝。拒绝就取消比赛资格。驭手赌气，把漂亮的马尾巴剪得像个秃尾巴鸡，别说观看的人取笑，连赛马都觉得自卑，低着头，蹄子刨地。齐威王的驭手还牵来一匹发情的小母马在没有了尾巴的马前走来走去，搞得那匹赛马心不在焉。锣响了，都还没有反应过来是怎么一回事，输了个稀里哗啦。

齐威王哈哈大笑，田将军，你的那双手还是留着打仗立功再赚家业吧，失陪了。

田忌稀里糊涂输了比赛，垂头丧气地往家走。路过一家酒馆，忽然看见赛马的裁判和齐威王的驭手在推杯换盏，喝得正欢。

田忌当时就吐血倒地。

乌鸦嘴

老街虽然不算大，人也不算多，却是个藏龙卧虎之地，贤人雅士三教九流能人多了去了。老孟能在老街也有些名气，凭的是他那张三寸不烂之舌，只不过是他的口中所提之事晦气的比运气的多，加上他长得又黑，老街人就称他黑乌鸦。

黑乌鸦的嘴，懒婆娘的裹腿，可见他的嘴有多么不招人待见。

还是读小学的时候，老孟只顾玩耍，没有写完作业，上学的路上伙伴都为他担心。班主任可是个很严厉的人，对犯了错的学生，常常拿着教鞭敲他们的头。老孟却没有当回事，随口说，班主任也许今天请假来不了学校。伙伴问为什么，老孟挠着头皮说，他每天都骑着破烂自行车到学校，万一那车子掉链子，又是下坡。伙伴说，好小子，你敢咒老师。谁知道，那天班主任真的因为自行车闸皮脱落，摔倒在坡下，腿还骨折了。同学们都去医院看望班主任，问长问短的。班主任看着打了石膏的腿说，没事没事，过几个月就可以回去给你们上课了。老孟小心翼翼地说，那万一骨头没有接好怎么办？班主任瞪大了眼睛，嗨，你是巴不得我残废啊。还真是让老孟给说着了，班主任的腿骨果然没有接对茬，又吃了二遍苦，受了二茬罪。班主任苦笑着对老孟说，你呀，真是个乌鸦嘴，黑乌鸦。

黑乌鸦好话没个准，赖话是一说一个准。他要说你财源茂盛，你准倒霉破财；他说你事业有成，你肯定路途坎坷。老街有新的买卖开张，前去贺喜的人都会送些礼品和红包。唯有黑乌鸦例外，他只要往门前一站，主家赶忙给他塞个红包，嘴下留情，嘴下留情。好吃好喝的伺候着，只要不说话就中。有一家买卖开张就不信邪，黑乌鸦来了没人搭理，别说红包，吃饭都没有他的位子。黑乌鸦心里那个憋屈啊。主人还故意逗他，说你看我这生意咋样？黑乌鸦四下打量了一番，说买卖兴隆撞头彩，主家对来客说，听听，黑乌鸦都说我能撞头彩。开张大吉啊。就在大家酒足饭饱准备离开时，一辆送货的卡车，像失了控的狮子一般噼里喀嚓就撞到了店家的墙上，车头拱进了半间屋子，幸亏没有伤到人。真是个"撞头彩"。黑乌鸦也吓得一哆嗦，他只看这店处在人字形路的当间，车来车往不安全，没有想到还真出事了。黑乌鸦拍了自己的嘴巴一下，暗自说，还真是个乌鸦嘴。

黑乌鸦是老街最早一拨玩股票的人。那阵子经常给别人谈股论金，扬扬洒洒说上几个小时。听的人都晕了，就说，你白话了半天，到底买哪只股票啊？黑乌鸦就说出自己选中的几只股票。结果是第二天他选的股票全跌。最典型的是，有一次上市的股票全线飘红大涨，只剩下一只股票下跌，那就是黑乌鸦选中大举吃进的股票。黑乌鸦玩股票赔得一塌糊涂，而经常和他一起炒股的人却都有盈余，人家都是反着听，他说涨的人家不买，他说跌的，人家就进，保赚不赔。黑乌鸦一气之下把那点残留的资本都退出来了，发誓说，谁再玩股票谁就是孙子。

老街有一帮子铁杆球迷，支持的球队成绩特赖，每次都是在保级战里徘徊，可是他们支持的热情不改。每到比赛，他们就包车满脸涂彩，敲锣打鼓吹喇叭到几百里外的省城为主队加油助威。在一次关键的比赛前，球迷都揪着心。忽然有个球迷说，老街有个黑乌鸦，他说的话得反着听，说你好可能就遭殃，说你坏也不见得就背。我们何不请他一同去，让他把客队说得天花乱坠，没准那客队就走背运哪。一伙人就把黑乌鸦请到了狮子楼吃饭，请他免费去看球。黑乌鸦还没有到赛场看过球，总是在电视转播里看看。球迷说，不到现场你根本感受不到什么是足球。请你去，你就为客队说好话，唱赞歌。黑乌鸦说，那不成，我不是成为叛徒了。球迷说，你不是叛徒，你就是咱们派过去潜伏的卧底。黑乌鸦就乐呵呵地跟着去了。结果不用说了，实力强劲的客队果然落败，主队保级成功。球迷那个狂欢啊，把黑乌鸦一次次抛起。

黑乌鸦也有血性方刚的时候。老街新开的一家珠宝店，欺行霸市，为了扩大门面，找茬衅事要把赛大姐米皮店赶走。黑乌鸦就看不过去，在赛大姐的店门口为赛大姐打气，坚决不能搬，谁都知道这段地界好，人气旺。我看他们猖狂不了多久，赛大姐，我跟你打个赌，不出半年他那珠宝店就得关门走人。没有到半年时间，那店的后台犯事被抓，店也是受贿的钱开的用来洗钱的。店老板闻风逃匿了，店被查封。

那几天，黑乌鸦走路头都是扬得高高的，熟人都对他翘大拇指。

韦闲人

　　韦不拔也是老街闲人。他有过很风光的日子。

　　老街有个饲养场，韦不拔在饲养场做养殖员。饲养场又脏又累，许多人都通过各种关系办理调动走了，只有韦不拔从年纪轻轻进场，直到结婚生子，四十来岁了还坚持在厂里养鸡喂猪。韦不拔白白胖胖的媳妇就问过他，为何死抱着饲养场不放。韦不拔眯缝着眼，捏着媳妇胳膊上的细皮嫩肉说，饲养场有啥不好，能吃上便宜鸡蛋，病鸡老鸡的时不时就能炖上几只。还有那孵不出小鸡仔的全黄蛋，厂长批条才能买得到，那里头塞的全是营养啊，咱随便吃。要不，自从你跟了我变得越来越胖，越来越白了。媳妇就很知足地倚在韦不拔的怀里。

　　在老街混的人都有自己的绝活。韦不拔有手绝活，就是能把刚孵出窝的雏鸡分出公母。就凭着这一手绝活，遇事连场长也让着他，场里的一些鸡毛蒜皮韦不拔也能当个三分家。

　　孵出鸡娃是饲养场最风光最热闹的日子。韦不拔席地而坐，一顶席子圈起二三百只雏鸡。韦不拔左右各放一只箩筐，两手各抓起一只鸡娃托在掌心，双掌轻轻往上一颠，便"男左女右"将鸡娃扔进箩筐。一会儿工夫，就把一圈子鸡分得一清二楚。这时，韦不拔就会悠然地叼起一支烟，惬意地吧嗒吧嗒吐烟圈，然后挪到另一圈子，继续分拣。场长在旁边端茶倒水，他知道，饲养场主要是养母鸡下蛋，如果不能及时分出公母，等到混养大了饲养场就赔惨了，消耗多少饲料啊。

　　热闹的日子也是韦不拔荣耀的日子。老街或乡下来的人都要到饲养场来抓鸡仔。来抓鸡的人围在韦不拔身旁，说好话赔笑脸，都希望能多抓几只母的，母鸡屁股里抠出的可都是百姓家的柴米油盐。场长不放心地嘱咐韦不拔，别做好人啊，都把母鸡给了人家，剩下一群公鸡蛋子咱饲养场就赔死了。韦不拔心里有数，你抓五只鸡娃，搭配上两只公的，抓十只搭配上四只公的。你就来抓个一只两只的，韦不拔就闭着眼睛摸到啥算啥了。

韦不拔对一个新婚不久梳着长辫子的女人格外照顾。女人来抓鸡仔，韦不拔给挑的清一色母的。韦不拔喜欢女人的长辫子。女人的鸡仔养大下了蛋，女人还专门提了一篮子鸡蛋去感谢韦不拔。韦不拔也仗义，把饲养场的鸡饲料给女人装了一包，说这饲料鸡吃了下蛋多，个也大。韦不拔后来打听到，这女人是从西北嫁过来的，姓赛。韦不拔努努嘴，瞧人家这姓都稀罕，老街还没有姓赛的哪。韦不拔常搂着自己的老婆说，你要是有条大辫子多好。

韦不拔过了一段舒舒坦坦的日子。后来政策变了，集体个人都可以办养殖场，有的鸡鸭贩子干脆把鸡仔鸭仔送上门赊着养，鸡鸭养大了，母的收钱，公的白送。韦不拔的绝活没地方显摆了，饲养场也关门了。韦不拔在家歇着，花销只出不进，日子就紧巴。胖老婆的埋怨话也从小心翼翼变得明目张胆，指桑骂槐说韦不拔没有本事。韦不拔就去找领导，找区里，反映困难。从区里回来的路上，韦不拔遇到了当年长辫子的女人。女人的长辫子已经剪掉了，齐肩的短发更显得精神。女人告诉韦不拔，她在老街租了门面，开了一家米皮店，就叫赛大姐米皮。女人听说了韦不拔的事，说她男人在区里管点事，给他说说看。没过几天，区里成立了管理市场的市容管理大队，通知韦不拔上班了。

韦不拔头一次穿上公家给发的衣服，还有带檐的帽子。他把帽檐往上推，高高直指天空，老街人开始喊他韦管理。刚上街韦不拔心里忐忑，乱占街道摆摊设点的都是些龇牙人，不好惹。他先找慈眉善目的老太太吆喝，老太太说，你不是饲养场的老韦嘛，现在管事了？那年你给我抓的鸡娃一半都是公的，让我老伴好顿埋怨哩。老太太车一动，其他的也纷纷让道，韦不拔的声音就壮气了许多，还故意晃晃手里的罚款单。

有一次他对占道的一个小青年吆喝，嘴里还带着粗话，小青年不吃他那一套，撕了罚款单还推搡韦不拔。韦不拔知道碰上了硬茬地头蛇。老韦就学乖了，对街上摆摊的人逐个摸底，了解背景。对一些临时摊位他也先察言观色，该硬的时候就横，该软的时候就熊，知道惹不起的就睁只眼闭只眼。韦不拔最绝的是竟然看出了扮成商贩的上级检查组人员，他对其态度温和，道理讲清，执法还人性化，深得检查组好评。韦不拔的工作很有成效，被任命为组长，负责了三段街道。

　　这样的日子也没有过上两年，市里整顿，市容办被撤销，人员哪来哪去遣散了。可是区里却偏偏把韦不拔留下了。有人说，韦不拔有啥本事？啥本事，能把鸡仔分出公母来那不叫本事，可是能把个路人看出个子丑寅卯那才是真本事。这种人，难得。

　　韦不拔就有了喝茶耍嘴活眼皮的闲人生活了。

慢一点，好吗

老街蒯解州有三个快，在同仁中流传，吃饭快，走路快，解手快。

吃饭快是在部队养成的。当兵的吃饭也是有时间限制的，容不得你慢慢吞吞。再说，当时的年月，部队的伙食也不是很好，偶尔改善一下伙食，如果你的动作慢了，只有打扫战场，喝点残汤剩饭了。一次连队蒸包子，蒯解州一气吃了8个包子，别人才吃了4个。吃饭快的习惯一直到地方也没有改变。在公司里吃饭也是一样，不管进入的多晚，总是第一个走出食堂，搞得做饭师傅心里没底，忐忑地问，蒯总，你是不是对饭菜质量有意见啊？

时间就是金钱。这是蒯解州时常挂在嘴边的话，这话虽然不是他的发明，却是个完全的履行着。在公司里，大家只要听走路的脚步声就知道蒯总来了，看报的在电脑上聊天的马上转入紧张状态，噼里啪啦地敲着键盘就跟手下有多少活要做。公司的人到蒯总的办公室汇报事情，总是夸张地加快脚步，把地面跺得很响，只争朝夕抢分夺秒。蒯总就很高兴，说进步了。现在的商场如战场，慢了就要挨打，慢了就输掉了效益。公司的大门口贴着一个大大的"快"字，蒯总说，这就是我们公司的企业文化，一个字，快！

蒯总的节奏许多员工都不适应。就说他的司机小李，往往还在狼吞虎咽时，蒯总已经在车里等他了，搞得他经常得抽空泡方便面填补肠胃。有一次去省城的途中，两人下车方便。小李刚刚揭开裤带，蒯总已经收兵开路了。

最近的公司运作节奏又比以前快了。原因是蒯总到云南考察一个项目，无意中发现山村的人都是长寿的，百岁的老人随处可见。蒯总兴奋极了，飞回到公司就组织人员要运作一部有关健康长寿的书。当代人最关心的问题是什么？健康长寿。把这个长寿村人的生活方式总结出来，有理有据有事有人，市场一定大受欢迎。

蒯总组织了三套人马，一组去长寿村采访，搞文字资料，一组做摄影录像搞影视资料，另一组设计文本联系书商开展前期的宣传炒作。蒯总最后的一句叮咛就是：快！快！快！

三套人马立即投入工作。蒯总几乎每天都要给三个组的项目经理达十几个电话，催促询问进程。

出版书商都联系好了，宣传声势也做得挺火，订单也纷纷而至，预付款每天都有进账。万事俱备，只欠东风了。

可是派出采访的两个组，进展的并不快，似乎有消极怠工的的苗头。项目经理连接听蒯总的电话也慢慢腾腾的。蒯总极急了，更换了项目经理，可是效果依然不明显。蒯总无奈，派自己的妻子亲自去督战。妻子风风火火地走了，刚到的几天还一天三次地汇报情况，没有多久，妻子似乎也变得懒惰了。

妻子给蒯总讲述了长寿村的见闻。解州啊，你只是看到了村里人的长寿，却没有机会更好的了解他们的生活。这个村里的人，生活得自在悠闲。清新的空气，郁郁葱葱的山林，缓缓流淌的小河，还有慢慢走过的行人。清晨，薄雾缭绕，宛如幔帐，你可以在绿色的农田旁吸入带有农作物特有清香的空气，黄昏，榕树下，品一杯乡间的翠竹茶，听晚归的鸟儿鸣，石桌上对弈闲谈。你知道吗，他们的生活节奏和你的正相反，他们是慢节奏的生活，在充分的享受生活的美好。可以一步到达的地方，他们要用两步走，他们没有我们的急躁焦虑，他们没有我们的紧张慌张和不安。放松悠闲懒散才是他们健康长寿的秘诀。我们都被他们的生活方式吸引着，羡慕着，甚至自身的体验着，那种感觉真好。

蒯解州容不得妻子把自己的感受说完，听着，老婆，我不管他没有什么样的生活方式，我只要你们赶快把交给的工作做完。我们现在就等你们的文图了，要快，要快，明白吗？听说有几个公司也在搞类似的策划。我们一定要赶在他们之前。听着，这个星期如果还完不成采访搜集，我就把他们统统辞退！

设计装潢漂亮大气的《解密长寿村》终于出炉。

首发式也搞得很隆重，新书上市一抢而空。蒯总一边联系加印再版，一边派人继续探究，策划出版第二部《长寿村再探》。

蒯总是在和项目经理研究对策时倒下的，留下唯一的一句话就是：按我们研究的办，要快！

还没有还得及分享成功的喜悦，也没有来得及兑现陪同妻子到长寿村体验的诺言。走完的人生道路仅仅有三十五个春秋。

在蒯总的追悼会上，蒯总遗像上的那双眼睛还是流露着焦虑。

妻子在一条挽联上写着：解州——慢一点，好吗？

人格的魅力——刘建超印象

杨晓敏

近几年来，小小说作家刘建超可谓脱颖而出，声名鹊起：《将军》《中锋》《滑一刀》连获 1997～1998 年度、1999～2000 年度、2005～2006 年度全国小小说优秀作品奖；2004 年，《海边，有一位老人》等 10 篇作品，摘取第二届中国小小说金麻雀奖；2005 年，《朋友，你在哪里》入选中国小说学会评选的 2005 年度小小说排行榜，2008 年被评为金牌小小说作家。刘建超一路走来，把自己的写作步伐，迈得坚实而稳重。

一位小小说作家，写出一篇好作品不难，难的是摇曳生花妙笔，在各个时期都留下"雪泥鸿爪"。刘建超数度获奖，除了天赋之外，更多的是勤奋。细究起来，获奖在情理之中。刘氏笔下的主人公，大都具有强烈的理想主义色彩，为社会、家庭和责任勇于担当，即使是市井人物，也多是疾恶如仇、有侠肝义胆的角色。这种挟带着人性、尊严、道义的永恒题材，所营造出来的艺术氛围，本身就笼罩着读者的阅读期待。

试看作者的成名作《将军》中"哥"的形象塑造：

"十五年后，我会成为一名将军。哥查着字典读完一本泛黄的《孙子兵法》后……一脸庄严。哥那时十二岁。"因当兵政审不合格，进工厂又逢企业破产，这位心怀憧憬的少年，十五年后却当上了爸爸。"哥给女儿起了个响亮的名字：上将。"

然而造化弄人，命运不相信眼泪。女儿因车祸丧生，妻子坠楼残疾。当厄运接踵而来，饱受磨难的"哥"，对生活愤而不怨，处之泰然，坚持以积极的心态，主宰着自己的人生。最精彩的是小说的结尾：

"闲暇时，哥推着嫂子出去'散步'，嫂子怀中抱着折叠的小马扎，一副象棋。哥放稳轮椅，打开马扎，铺开棋盘，接受男女老少的挑战。无论棋艺高低，哥从不敷衍。每次把对手逼入绝境，一声'将'之后，哥便从衣兜里摸出一包烟来，抽一支叼在嘴上，嫂子会及时划一根火柴，将烟点燃，对哥粲然一笑。哥深吸一口烟，再将烟雾从鼻孔唇缝缓缓吐出，那份踌躇满志的神态，俨然一位将军。"

雄心未泯，豪气如昨，真乃是三军可夺其帅，匹夫不可夺其志的典型写照。如此沉郁、硬朗的文风，时运多舛而血性内敛的人物，岂不令人荡气回肠？读这样的文字，所受到的心灵熏陶，会让有关空泛抒情的励志格言相形见绌。常有人问我，当代小小说的传世经典篇什有哪些，我想，无论如何，《将军》是应该名列前十的吧。评论家丁临一先生在品读"小小说金麻雀奖"入选作品时，对刘建超的评价是："是对崇高信念和理想人格的推崇，站在平民立场上，痛切地针对当代社会的某些精神缺失有感而发，代表了中国当代小小说创作的主攻方向之一。无论从朴素的大众审美需求角度，还是从理性的文学价值角度看，这类作品的意义和作用，都是不可低估的。"我深以为然。

当过兵的刘建超，有着浓郁的军人情结，每每在笔下，流露出对于军营生活的深切眷恋。《老兵》《海边，有一位老人》《被子》《将军树》《将军印》等，主人公身上都激荡着凛然的忠勇献身精神。通过感人肺腑的故事，鲜活的细节，剔尽一切矫揉造作之态，彰显着中华民族精英团队的浩然正气。由于长期在金融系统担任基层官员，作者对推诿扯皮的机关作风，对社会各层面相互纠葛的人际关系，有着切肤的体验。《马路同志先进事迹报告仪式》《实词》《叹词》《我被时髦撞了一下腰》等，能够敏锐地捕捉到生活中的细枝末节，用犀利的笔锋，直逼人性的丑恶，在不动声色中，刺激、呼唤着读者的神经和良知。

然而，性格粗犷奔放的刘建超，笔下也不乏柔情。一篇《遭遇男子汉》，写城市年轻女子与山里青壮汉子的无端邂逅，文字传神，铺排得缠绵悱恻，尤显儿女情长。通过男主人公原始野性的自然张扬，让长期在生理上有压抑感的现代少妇，无时无刻不感到情绪上的难以名状。其细节刻画和心理描写准确到位，人物烘托得惟妙惟肖，呼之欲出，通篇弥漫着一股淡淡的侠骨香。该篇在网上网下引起一片热评，为刘建超带来了绝佳人气。上榜作品《朋友，你在哪里》，同样赢得评论家们的一致好评。评委汪政先生的评语是："一波三折的巧妙构思，生动细腻地表现出人物的心理变化，深刻反映出现代社会人与人之间的微妙关系，也表达了作者呼唤诚信与人间真情的美好意愿。"

日常生活中，人们习惯于把那些临危不惧，挺身而出，勇于担当的举动叫"骑士风度"；把温文尔雅，善施援手，尊重妇女，体恤老幼的举动谓之"绅士风度"。曾闻一群女大学生抱怨说，现实生活中的好男人太少了。比如一起过马路吧，同行的男生要么目不斜视，独自昂首阔步，绝尘而去，全然不顾身旁还有需要关照的"弱势群体"；要么是小心眼儿试探着，突然间生硬地抓住你的手扯过马路，尔后那只手却多情地迟迟不愿轻易松开。有位艺术家说过，生活中不缺乏美，而是缺少发现美的眼睛。此话用在女作家红酒在网上发的帖子，便知此言非缪。红酒说，当一群爱美的女作家一块儿合影留念时，竟心照不宣，齐刷刷地卸掉身上盔甲般的大小包包，一股脑地套在旁边的一位男士身上。倾刻间，这位先生像个临时的衣帽架，像个瞬间披挂待命的特种兵。红酒的比喻是："高温下，直把自己站成一棵树。"善于恶作剧的红酒，用五张串缀起来的照片，真实地记录了这位男士由惊愕、惊奇、惊喜、开心、淡定的表情变化的全过程。毫无疑问，在小小说领域极具女人缘的刘建超，女性作者喜欢叫"超哥"的，又扮演了一个有着成熟男性魅力的绅士角色，为在场的人和网友，诠释了什么叫"遭遇男子汉"的命题。在炎热笼罩的小小说界里，只因为一种信任，刘建超这棵给人清凉的梧桐树，后来被一群美丽的凤凰簇拥起来，让别人艳羡给自己欣慰地留下一张永恒的合影。好男人，走到哪里，都会构建出一道亮丽风景。许多时候，你不经意的一念间，做与不做，是一种品质，而做起来是否得体，则属于一种养成。或许，我们每个人都在通过平日里的言谈举止和内心反映，把自己镌刻在流逝的时光里，留做生命的存照，成为别人俯拾的碎片和某种传说。

刘建超的写作，似乎能不断带给我们一些惊喜。《老街三题》，又让我们领略了特定环境里生存的市井人物风情。新锐作者非花非雾在网上评说："《老街三题》是悬垂于眼前的一幅中国画。悠长的经过斜风细雨浸淋过的古城老街，梦一样静卧在阳光下。伴着木板院门的咿呀，便有老字号马家羊汤的鲜香流淌，便有杂货店俏寡妇的惊艳笑靥，便有神刻张冷峻的刀上绝技。霓虹闪烁的现代歌榭楼馆，永远无法和老街的古朴风韵媲美。"在这条从历史深处潺缓走来的街肆，青石板铺就的地面泛着青光，班驳的钟楼横亘街头。街两厢是特色小吃、古玩店、字画室等，游人如织，现代和古老和谐互动，鲜活而安详。《老街三题》是为这一文化或非物质文化遗产打上的一记烙印，吟唱的一曲挽歌。很多时候，我们最爱讲的是创新和扬弃，当然这没什么不好，不过，有时也应该强调固守二字。老街汤王重新匀给两兄弟的，除了那积淀罐底的浓郁汤汁外，更有对诚信品质和经营理念的文化传承。用集束式作品来多侧面、立体化串缀、演绎生活，有效地为小小说增容，不失为一种明智选择。

《山村人物》给人一种叙述上的新鲜感。这"新鲜"含了两层意思。一是这三题迥异于同期的更多的城市题材的篇什，它用山野清风一下又吹走了我们对城市的审美疲劳。钢筋水泥弥散出来的气息淹没了我们，我们迫切需要那穿过森林、穿过大地的驰荡山风的拯救，这时候，我们会感觉到自己对乡野风情的迷恋与向往。二是这三篇作品有别于作者之前的大部分作品。建超的小小说创作，大多写得文风硬朗和个性张扬，也比较注意诸如伏笔、照应、留白等小小说的写作技巧。这三题抛弃了这些很具象的写法，它用质朴的素材让人心动而沉醉，它用白描使语言趋于流畅，它用纯客观的叙述与描写让你咀嚼与体味，而作者的主观意向在这些篇什中被深深地藏了起来，达到了一个较高的境界。另外一点也需要我们注意，就是这些作品的指向。因为作者不动声色的描述基本上是很生活化的，作者并不表达自己的主观好恶，你甚至不知道作者要"表达什么"，因而这些作品便滋生着趣味性。

刘建超倚仗《朋友，你在哪儿》，荣登 2005 年度中国小说学会的排行榜，这次意犹未尽，又写出《谁让我们是朋友啊》，成为续篇。叙说着朋友不可靠不行，朋友太实在也不行的人生阅历。凡事不宜走两个极端，要明白过犹不及。《滑一刀》也值得一读。当生活的谎言都能成为"真实"时，该有多么的可怕。迷信鬼神，毕竟还算空穴来风，可对身边的所谓"权威"无条件地顶礼膜拜，该不是我们的脑袋进水了。刘建超的《南笙之痛苦和快乐的生活》是幽默的辩证；刘建超的《孤傲》凸显英雄迟暮的性格基因；《俊嫂》赞美了普通女性的高贵品质；《总有什么地方不对劲》，设置了一个温柔的陷阱；《谁说了算》依然以塑造个性人物为主。有人群的地方就会产生话语权，谁能在关键时刻挺身而出，勇于保护众人的利益，谁就有威望，谁就说了算。刘建超的成名作《将军》是现实生活中的励志故事，主人公以脚踏实地的生存姿态，永远都把握着达观向上的方向。《神话》有异曲同工之妙，让身残志坚的主人公，放飞憧憬的翅膀，成为自己生活的主宰。唯有理想，才能使人生有滋有味。这种写作上的"虚构能力"是一种能耐，可以把一个平淡的故事，通过剪裁、嫁接和重新组装后，溢出新意来。

我以为，开掘深层次的生活内涵，聚集特定环境中的人物个性，凸现其人格魅力，是刘建超作品的一大亮点。小小说在有限的篇幅里，极难写得大气磅礴，头角峥嵘。尤其塑造时代人物，不易把握的，其实也是一个"度"字。稍一过，便概念化了。然而支撑小小说文体，却非得有此文字筋骨才行。如果小小说只能写生活浪花、人物素描和幽默讽刺之类的小品，无形中就缺乏了文学作品应携带的厚重感和使命感。那么，小小说文体和专事小小说写作的作家们，还能从真正意义上"立"起来吗？所以，刘建超的小小说创作，虽是"半路出家"，却秉承现实主义的传统写作道路，在直面人生的同时，有着苦心孤诣的艺术追求。在成千上万的小小说写作者中，精心构建出属于自己的文学世界。其作品构思缜密，多有神来之笔，体现着难能可贵的开拓精神。

生活中的刘建超属于阳光男人，幽默诙谐，真诚大气，同样历练着自身的品质。人文俱佳的刘建超，逐渐成为小小说领域的重量级作家，也不是偶然的了。

想象力与好读好看

冯　辉

　　小说的读者是包含各层次、各群体的。大部分读者的性质是艺术消费者，这是小说家工作的真正对象，小说家只为这个真正对象服务就可以了，甚至可以说一个小说家工作的真正意义只体现在令这部分读者满意上。刘建超有篇创作谈，题目叫《摆平心态》，在这篇创作谈里，刘建超谈了他的"小小说观"。他的小说理想大体是两个方面，一是强调小小说的娱乐性，他认为读者"读小小说就是一种休闲，一种娱乐，一种轻松"，在创作实践上，他特别推崇欧·亨利式的结尾，精彩的是，他用自己的语言总结小小说艺术就是"临门一脚的艺术"。这个观点用通俗的话说就是"好读好看"。

　　但另一方面，刘建超又意识到读者从小小说里能够"有所益自然更好"，意识到一篇好的小小说在精彩的"临门一脚"的同时，"带给你的是惊喜、是狂欢、是陶醉、是惊愕、是失望、是失落、是伤心、是痛苦、是愤怒、是无可奈何，是一刹那过后的反思、回味"。作为一个从事业余创作的小说家，他对小说，特别是小小说有这样的理解，对于人们长期以来对小说那种"文以载道"式的观念是一个小小的修正，他并没有把小说创作提高到"经国之大业，不朽之盛事"那样的高度。小小说的读者是平民（相对于精英），因而小小说文体的性质就是平民性。这样的理解在今天算是真正地摆平了心态，是颠扑不破的。

　　可小说还有为数很少的读者，即像笔者这样的职业读者。这部分读者的职业要求有其特殊性，特殊在于，我们要研究一篇小说是如何达到既具有娱乐性又对人有所益处的要求。如果说一篇小说写得好,那么它好在什么地方?作家如何能写得好?此作家的好与彼作家的好有何不同?

就我的角度而言,从刘建超的小小说艺术里会总结出很多他自己的特性,但是我认为最重要的一点,也是我印象最深的一点,是他禀赋着的一种小说艺术的想象力。人们在研究艺术的时候,人们在从事艺术实践中,都应着重去注意这个想象力的问题。艺术心理学的研究告诉我们,想象力问题是艺术的中心问题,并不是每个人都具备艺术的想象力,艺术想象力的生成有先天的禀赋又有后天的熏染,从事各种不同工作的人有不同的想象力。小说艺术家都具备着为小说艺术所应具备的艺术想象力。反过来看,人们不能想象一个毫无想象力的人能够创作出具有充分艺术性的作品。

我们在理解刘建超小小说艺术的时候,一方面去注意他在创作时表现出来的艺术想象力,另一方面又去注意到他力争把小小说写得好读好看。他是一位很有想象力,同时能够把小小说写得好读好看的作家,这样,我觉得就算基本把握了这个小小说作家。

作家也好,读者也好,每个人每天所置身的人际环境和社会事务其实都大同小异;作为一个一般社会成员,人们日常生活中眼睛所见,心中所想,所作所为也大体相似。这是因为一般社会成员在日常生活中所服从的是社会主流的伦理观、价值观,在通常情况下谁也不便滞后于这种伦理观、价值观,也不便超前于这种伦理观、价值观。这就叫社会生活的庸常性。但是生活中永远存在着超越这种庸常性,突破这种庸常性的因素,这就是人们的精神欲求,人们的思想活动。在生活中,可能很多人被生活的庸常性所覆盖、所奴役、所湮灭、所异化而浑然不觉,这成为使一个社会停滞不前的惰性力量。但人在本质上永远是思考性的动物,是具有想象力的动物,是理想性与生俱来的动物,这种天性成为一种社会永远处于变动不居、一步一步向前推进的原动力。

作为一种艺术活动,有想象力的读者企盼有想象力的艺术家;而有想象力的艺术家因此而赢得读者。

我们看一下刘建超的获奖小小说《将军》。猛一看标题,可能以为他是在写一个军人——将军，可他写的恰恰是一个曾经幻想着做一名将军而不能如愿，一生命运都陷入艰难困苦之中，是最最常见、最最普通、最远离社会中心的一个人。作家的想象力烛照到这个人在生活中的苦斗历程，作家的想象力将这个人在艰苦环境的奋斗中表现出来的坚不可摧的意志力与一个战无不胜的将军印照起来，从而塑造出一个特殊的"将军形象"。将军的身份并不重要，重要的是能否成为人生的主人；将军也可能是一次战役的失败者，而真正的将军在意志上永远不败。这就是将军的真正意义。如果没有作家的想象力，又怎么把一个一生困顿、月薪23元的工人与一个将军联系起来呢？

《中锋》与《将军》可谓异曲同工。《中锋》将一个工人的生活命运与我们社会的变革、这种变革不可避免地带来社会的阵痛结合起来加以表现。主人公是个倒霉的下岗工人，可这个下岗工人过去曾是工厂篮球队的中锋。工厂倒闭，篮球队解散，中锋自然不存在。可是一个人追求美好生活的精神不会"倒闭"，不向命运屈服的意志不会"解散"，主人公经过奋斗不但实现了再就业，而且成了公司老板。大祝又成了中锋，重要的是人生命运中的"中锋"。

在小说艺术的想象力方面，我想特别提及的一篇是刘建超的《从人到猿》。这一篇不仅表现出非凡的艺术想象力，更重要的是表现出一个作家那种想象力的质量——他对人的存在、人的环境和整个人类命运的焦虑。这篇小小说最早在《百花园》发表时的标题叫《惊梦》，写的是一个梦境。也就是说在作家的深层意识里，他关注到人类一方面正进入现代化阶段，但同时却又朝着毁灭人类自身的方向"倒退"的危机；作家想象力中的理想主义部分通过猿与人的对话展现到人类想象中的美好家园应该是："青山绿水、碧空蓝天、小桥流水、鸟语花香、空气清爽澄澈……人与人之间没有了贪婪、凶残、狡诈、冷酷、掠夺、战争"，从而让一"只"猿人在纸上写下一个惊世骇俗的警语："从人到猿"。"从人到猿"反而是一种"进化"，这个论断尽管是一种调侃，但却是一种真理，你还没办法不服膺于这一真理。这篇作品理应得到更大的传播和得到更多人的注意。这篇作品的中心"人物"是一个现代人和一个动物猿，这本身就象征着这个作家的艺术想象力是多么的年轻和鲜活，小说文本所表达的内容距离我们的日常生活又是如此遥远。作家虚构一种超越常人想象的时空，这表现出刘建超作为一个作家所具有的文化修养、思想境界已达到的一种广度和高度。作为一篇小小说，《从人到猿》不可多得。

如以上所谈，艺术的想象力首先给读者带来的是打量生活的新角度，如《将军》《中锋》等，是思考生活中的新问题、展望未来的新向度，如《从人到猿》。人们常议论艺术创作中的"创新"、"突破"问题，我觉得抓住了想象力才是关键，培养并提高想象力是创新和突破的希望所在。想象力是使艺术创造能够不断出新的源头活水，想象力使艺术之树常绿。健康丰富的想象力带给读者的就是"有益"，就是启人心智的"反思、回味"。

现在越来越多的人同意：小说，必须要写得"好读、好看"，否则，如果读小说如读天书，玄奥难测，或味同嚼蜡，陈言满纸，人云亦云，千篇一律，这样的小说现在不少，将来也还会有，但它们劳民伤财，毫无意义。承认小说必须好读好看当然与当下读者的接受心理有关，与社会生活的平民主流化有关，但是从小说本原上说，平民化（即喜欢好读好看）本来就是题中应有之义，但现在反而成了一种进步，它是对过去文艺作品充当意识形态武器的一种再认识，也是使小说真正回归到作家从事小说艺术和读者欣赏小说艺术的应有定位的表现。

小说的所谓"好读"，指的是小说语言。好读对语言的要求是：简练性——以一当十；现场性——语言透出的当代生活的信息量和当下感；智慧性——它不是原封不动地从生活中直接搬进小说里或直接照抄生活，而是经过作家个性化酿造、审美的提炼从而同作家的风格相融合。不论是叙述语言还是人物对话语言都应具备这样的要求。在叙述语言的好读上，刘建超的《我被时髦撞了一下腰》作为表现都市生活的叙述，《负债》作为表现乡村生活的叙述都有较出色的体现。在人物对话的好读上，《炖》有更出色体现。请看作为一个"第三者"的夏与其情人之妻蓉的精彩而凝练的对话：

夏熬不住，径自找到蓉。/直说吧，我爱上了旭，非他不嫁。/那是你自己的事，跟我有什么关系吗？／旭说他也爱我，他对你没感情。／旭和我生活了十年，是你年龄的一半。／感情的事不能用时间来衡量。／那不是感情。经不起时间的是情欲。／我和旭结合能有助于他的事业和前程。／旭有多大本事吃几碗饭我心里有数。／我和旭已经有了那层关系，你能容忍？／我们孩子已经七岁了，长得像他爸，调皮。／你不和旭分手，我什么事都做得出来。／不和旭分手我什么事都不用做。／我可以等，因为我比你年轻。／你等不起，因为你的年轻太短。

这两个人物的身份个性、心理状态通过如此简洁的对话可以说准确、到位到了极致。这种小说语言的简练性、现场性和智慧性所带来的好读，同样来自于作家天才的想象力。

小说的"好看"，指的是小说情节。所谓"好看"，是说小说情节所带出的情景和时空场面的清晰性，阅读想象中的可观性、生动性，而不是模糊感、混沌感。把情节编织得好看，完全得益于作家丰富的、活跃的和智慧的想象力，想象力使作家不断地超越模式，不断地带出小说情节的新奇和美妙。处于高峰状态的想象力常常使小说情节编演出夸张、诙谐，甚至荒诞、变形的效果。

《妻子的逻辑》可谓刘建超小小说中的一个佳构。作家抓住一个非常城市化市民的妻子在都市生活中的一种仿佛屡试不爽的逻辑——大家都这样而"我"偏那样可以避免一些常有的闪失——而"大做文章"，大家都装防盗门结果容易失盗，而独"我"不装反而安然无恙，由此展开想象的翅膀。这文章被作家做到了家：房门固然无盗贼光顾，但却带来另一种祸根——人际关系全搞僵了，你特立独行就获罪于大家，要想恢复温和的关系，就只有自撬房门，再装上防盗门，最后融入了"群众"才能真正"安全"。妻子的逻辑在这里成了一个失败的逻辑。通过这个失败的逻辑，却揭示到众人文化心理上的一种病灶，揭示到现实人际关系中的一种长期存在着的病态，这样的情节编织不但是有趣的，也是达到了一种深度的。像这样的篇什还有《家里的电话》等。

刘建超有篇《T城风波》，写T城人因县长偶尔一句简短的生气话而忽然流行"精短"，其情节愈演愈荒诞："一句话新闻"、"一句话小说"

盛行一时；武大郎被塑成雕像；筷子短为火柴状；女裙短到不遮内裤。像这类小小说，适度地淡化了传统小说理论中所强调的人物因素和故事因素，抓住一种立意，充分展开想象，将情节推演到极致状态，从而收到警世之效。像《我被时髦撞了一下腰》《记性》都属此类。

长期地葆有艺术想象力亦即葆有长期的艺术生命力，它使一个作家的创作不断地生成创作的后劲，长期地保持思想上和艺术上充盈坚实的底气。前面提到的《将军》《从人到猿》和《妻子的逻辑》是刘建超君较晚近的创作，是他创作中的最精粹、最成熟的部分，而其他作品大体上是早前创作的，由此可看出他思想艺术上不断提升的轨迹。既然葆有后劲，底气正足，我们有理由企盼作家更富新意的艺术创造。

关于一场不和谐的大合唱的描述

李利君

　　刘建超的作品给人一种眼花缭乱的感觉。因为一篇与另一篇的内容、题材、描述范围总是相差很远，你很难知道他怎么能在那么广泛的领域里获得灵感和启示。

　　《结石》写的是"养育"着一群不负责的医生和护士的医院，《马路同志先进事迹报告会仪式》写的是官场上的官本位主义，《我被时髦撞了一下腰》又写到一家公司里，《大拿》则跳到了市井……

　　按照"文坛黑马"余杰的说法，一个作家不管如何千变万化，都有属于自己的确定性体验。也就是说，不管怎么跳，作家都跳不成别人，而永远是自己。这个说法是否是真理，我不敢妄下结论，但如果用到刘建超作品上，我看还是可以的——也就是说，刘建超虽然左冲右突，可是他依然是刘建超。

　　他在哪里保留了自己呢？

　　《卡》写的是一个现代人尴尬的自下而上状态。故事主要以"刚巧"这种方法进行叙述，使故事一层一层堆积、加厚。在使故事到处充满"刚巧"的时候，我们发现，刘建超的笔致是漫画式的，他并不是在一本正经地为我们讲述故事，而是用力忍住自己的笑，掩盖起自己对这个故事的真实神态。《结石》用的是讽刺的手法，将医生当做儿戏的不负责的行为刺出血来。刘建超用这种方式，生动地刻画了经验主义者蔑视丰富个性的嘴脸。在结尾，他写道："检查结果，尿路结石。"在《马路同志先进事迹报告会仪式》中，刘建超则以分镜头及加注的方式，勾画了一场形式主义、官本位主义的"闹剧"。《我被时髦撞了一下腰》是一个真实故事。因为我们是以今天的眼光来读的，觉得它充满了调侃和戏剧意味。相对来说，《大拿》是刘建超作品内在张力较大的一篇。作品通过人物行为本身的矛盾性呈出的"讽刺"，栩栩如生地让人看到一幅忍俊不禁的风俗画……

评说至此，我觉得可以先简单地作一个小小的结论：讽刺、戏剧化、夸张和调侃，是刘建超的法宝。他在题材的百花园里千变万化，在形式舞台上，却忠实地做着自己的"这一个"。耍弄时，他总是用自己最擅长的武器。

我们还可以发现，对人物，刘建超的兴趣并不是很大。在他的作品里，人物形象更多时候具有符号的特点，他们往往成为了作者迷恋情节、冲突、变化这类小说因素的标志性符号。《卡》里的"我"是被作家用来描述现代生活的一个道具，他血肉不丰满，但是，他的身上却集中了一系列的戏剧性巧合。《结石》的前半部分差点让我误以为作家要把医生的形象塑造得十分饱满，但是，作家又转移了他的目光，对准了护士。这种转移，使作品流向发生改变。在以后的阅读中，我没有再对人物有什么期望，而是集中到了他的故事上。《中锋》虽然是以写大祝这个人物为主的，但作者却是把大祝放在事件中来叙述的，对他的形象，我们没有获得更多、更丰满的感受——尽管在作者叙述的事件里，大祝的生活起伏涨落。对于隐身远处的"情节"，刘建超的迷恋程度已经十分之深。

《我被时髦撞了一下腰》有可能成为认真的读者反驳我的结论的依据。因为这篇是我读到的刘建超作品中最为"感性"的，相对他的其他作品，本篇人物形象应该算得上较为突出的，但是仔细读来，这篇的重点还是在"情节"上，你看作品中的"我"的自得多么的不真实啊。

刘建超是太喜欢这种方式了：他通过情节流向的变化、叙述流的逆转，一吐他胸中的块垒——这是关于他的第二个结论。

我觉得刘建超的这些表现，呈现出的是这样一种意义：他发现世界是一部演奏得不和谐的大合唱。在那里，人们背离生活常识，经常将日常生活的局部误以为是世界的整体，对生活的理解陷在"集体无意识"的泥潭里。刘建超就是看中了这一点，才紧紧抓住不放，使之成为一个靶子。形象的饱满与否，细节的逼真与否，对于他来说，都不如一枪刺下去来得痛快淋漓，来得酣畅淋漓。

刘建超渴望秩序、合理和舒畅。这样一种状态才是他最为迷恋的，是他感受中挥之不去的，更是他不知不觉沉醉的。对于一部不和谐的大合唱，他太不满意了。

内容、题材的腾挪躲闪，形式、技巧上的"形散而神不散"，刘建超的作品所表现出的这些特点，还自觉不自觉地展示了这样一个信息：他在身体力行地探索尝试着多种表现方式。在把刘建超的作品放下的时候，我仿佛听到他说出了一句这样的话：我太渴望突破了。

这是一句能勾起人谈话欲望的话。

我想，他一定会将他的讽刺艺术进一步磨炼得更加顺手，并且会不断拓宽题材领域，在人物形象的丰满上、细节刻画的真实上加多一些感性化的描写——不管对哪个作家来说，典型化的扁形人物都不是值得推崇的。在主题的提炼方面，刘建超会摆脱单一的嘲讽，在自己笔端注入更加深刻的批判力量。

关于刘建超小小说的几组对应词

高 军

河南作家刘建超是小小说创作的一员虎将,他不断地对生活进行激情书写,创作出了一大批广受好评的小小说,并获得了三次全国小小说优秀作品奖、第二届小小说金麻雀奖等重要奖项,稳稳地站立在了小小说创作队伍的前列。

一、郑重其事与挥洒随意

他的小小说在人物行为的设置上非常有特色。有时他让笔下的人物对自己生活中的一些小事情表现出非常虔诚的态度,如《将军》中哥哥从小就一心想当将军,最终却成为一个普通人。但在现实生活中,他处处表现出大将的眼光和风度。他以退为进,用智谋出其不意地战胜师傅;对妻子和自己当前的工作,分析透辟;在女儿去世、妻子截瘫的打击下,他处之泰然。尽管没有当上将军,却在平日的一言一行中俨然是一位真正的将军。《胡一哥》是一个普通的山民,却那么痴情地爱上了写作,在"我"出差的空隙里顺路来看他一下时,他是那么郑重其事:"在我面前显得手足无措,不停地往我的跟前放食物,摊了一桌子。胡一哥说,做梦也没有想到,老师会不远千里来到穷山村看我。我有福啊,有大福哩。"他能为了听取编辑的意见,用一袋子核桃讨好老幺,跑二十分钟的路程到山顶上去接听电话。这些小说关注的是社会底层的普通人,他们郑重其事地拿着小事当大事,使小说出现神来之笔,叙事立体化、复杂化,文体空间扩张膨胀,产生强烈的文本张力,使叙事走向变得暧昧、复杂起来,本来的线性叙事走向了多重意味。文本的尽力展开，具有了复杂的现代性和多重面孔，强有力地呈现了人们精神深处的隐患与真实，丰富了小小说的疆域。有时他又巧妙地转换着叙述者的话语方式，举重若轻，刻意营造人物的一些非常细屑的随意行为。这些小事都极力冲破社会学藩篱，呈现文学生态的具体性和原初性。如《海边，一位老人》并没有指明写作的对象，但读者通过小说一眼就能看出写的主人公是邓小平。作家写大人物时极力写小事情，他招呼大家一起来游泳，和新兵拉家常，合影时从一个小男孩的小脚丫旁捡起几个小石子并摸着孩子的头说：不要硌着喽。平凡的生活也并不是我们所想象的那样平淡而无味，把握好了是传递人生经验和展示生活图景的一种重要手段，能呈现出一种伟大的精神现象。《将军令》中的将军本是个老兵，解放后刚学文化时给老婆写信都写反了地址。从工作岗位退下来后，碰到导游和外国人不尊重中国士兵，坚持让他们道歉。作家赋予了叙事方式以朴素质地，竭力让人物在真实生活场景和生动故事里，来显示自己的内心世界，从作品所写的小事中可以看到人生和社会的真相。这种可靠、真实、具有生命力的小说，充盈着真实感人的力量。刘建超在这两种叙事策略中体现的是一种文学的本体论，是一种自觉的艺术追求。读者通过客观形象与人物相遇，文本展现出一种丰富的诗意情调。个中体现出来的文学精神真实可靠，作品也因而具有了人性深度而又不失温情。

二、现实关注与文化反思

刘建超的小小说创作，坚持以一种胸襟恢廓、态度客观的视界面对他者的生活和外部世界，始终坚持关注现实，显得难能可贵。《老街寡妇》写新婚不久的黄花在丈夫外出进货途中遇难身亡、公婆年迈多病的情况下，决定不再嫁人自己开店赡养公婆，别人指责她"丢人现眼"时，漂亮大方的她予以铿锵有力地回击：如果谁能给我公公婆婆养老送终，我立马走人。要是没有本事给二老伺候善终，就不用来放闲屁。她生意做得好，也有自己的内心追求，但与张先生的感情最终止于精神层面。作品盈满着擦亮人心的生存智慧，包含着深邃的人生内涵，告诉我们爱与奋斗使生活充满意义，磨难和坎坷会帮助人们获得人格发展和精神成熟。在一种与精神拯救、道德完善紧紧相关的伦理现象中，融会贯通着真心交流。小说轻捷紧张，赋予文本简洁的语言形式以神奇的力量，在事象之上蕴涵着意义的芬芳，在故事之中饱含着意味深长的主题。《老街汉子》写曾为大军区司令员做过警卫的牛五回到光怪陆离的世俗社会中的一种精神坚守。他受聘来到宏发公司后，在金老板的逼迫下仍能坚持不喝酒，不到开门时间不给与老板苟且的女人开门，在为公司讨回三十万的债务后拒绝金老板给的十万，坚持只要拖欠的工资。作品获得了对现实生活的更深切入，使我们置身的小小说艺术世界具有了一种动人的力量。在他这类取材于现实生活的作品中，能努力写出属于自己的新鲜经验和独特发现，有着自己关注问题的角度和成熟的思想体系。他的小小说同时还注重文化的反思。有关这类小小说的创作有很多人涉猎过，但不少作者由于缺乏清醒的文化眼光，不自觉地就会陷入到一种对没落腐朽的津津乐道之中。站在这种暧昧的文化立场上，就是写出的作品再精致，其感染力和生命力也是让人持怀疑态度的。而刘建超的文化反思类小小说却把握了一种比较准确的度，如《老街汤王》中马一鲜羊肉汤馆经营的是一种生意，但更是经营的一种文化，经营者们在生意中坚持体现守时、定量、中庸、诚信等浓厚文化内涵，所以祖祖辈辈广受欢迎。在马善明为三个儿子分家的时候，他把剩下的半瓢老汤倒入马老大的瓦罐里，以此来肯定和褒扬的也是这种文化传统。而后来，兄弟三人中也确实只有马老大的生意红火了起来。在经济飞速发展的背景下，充满文化关怀，关怀着人的灵魂追求和社会的精神环境。在小说结尾，看到马老大把老二老三叫到一起，重新分自己的那一罐老汤时，我们感到了一种浓浓的暖意，深深为作家的这种文化情怀所感动。

三、书写体验与言说思考

刘建超的小小说作品显得厚重，这还得力于他在书写体验的同时，注重言说自己的深度思考。他从体验者的身份进行思考和发言，在生活认知和文学创作上都保持着一种自省的姿态，力求摆脱流行的思潮，从具体的历史语境出发与现实对话、书写。《朋友，你在哪里》《艺术家》等作品，主要描摹知识阶层的精神危机、灵魂痛苦等，切身体验与观察思考、批判立场与自省精神、激情与理性、个体与时代在笔端结合，人物形象栩栩如生。他的写作热情、明晰，讽刺、批判直接锐利，将批判的锋芒通过个人化的想象方式来显示。同时，刘建超也不满足于小说家只能表达他们的切身感受，难以承担救世的使命的现状。在经济取代一切日益成为社会的中心话语，商业化、消费化、世俗化、欲望化成为普遍的时代风景的情况下，我们面对的现实生活、与外在世界的关系，都存在着难以克服的有限性、残缺性悲剧。所以，刘建超更注重在叙述过程中，通过文学的方式体现创作主体的思想投射和发现。《滑一刀》写的著名外科大夫手术精湛，受到广大患者热情拥戴，但他的导师来时却发现有些手术其实是不需要做的，采取保守治疗的方法也能达到同样的目的。但他却迫于社会流行话语和患者亲人的压力，不时地在患者身上划上不必要的一刀，以至于对自己的父亲都得如此。原因就在于，"手中刀子的名气已远远大于科学的道理"！作家最终让人物放下手术刀躲避、逃离，来获得内心的自我救赎。风格沉郁、黯淡、冲撞，叙事平静、节制、从容。一种开放的、复合的写作，使作者对于时代的表述更为完整、深入。小说蕴含了丰富的意味，指向开阔的境地。小小说创作中，能坚守人文价值的立场、保持知识者的良知与勇气，不光专注于不合时宜的内在的精神状态，而着力展示平凡人物外部身世的动荡变迁，在文学内外、职业内外表达自己的思想是十分必要的。

小小说乱弹

刘建超

当把喜爱转换成爱好，把阅读催化成写作，我就知道自己要与小小说白头偕老，有小小说陪伴终身。二十多年的光阴，岁月把我从意气风发不知天高地厚的青年拖进了腰酸腿疼脂高肾亏的狼狈中年。唯一能令我挺直了腰板说句硬气话的就是：在小小说界咱大小还算个人物！

从公元 1983 年发表第一篇小小说起，零零碎碎拖拖拉拉也捣鼓出了六百多篇作品，1999 年还出版了自己的第一部小小说集《永远的朋友》。1998 年春天，我的小小说《将军》获得 1997—1998 年度全国小小说优秀作品奖，《百花园》还以"小小说星座"头题推出我的三篇小小说。这三篇小小说都被《小小说选刊》《作家文摘》选发，又入选了多种版本的集子。2000 年春天，我被编入《小小说五星连环》精心包装隆重推出，真让我体验了一回什么叫做自豪。2002 年还是一个春天，我在中国作家协会捧回了晶莹夺目的"小小说星座"的奖杯，又让我体验了一回什么叫做骄傲！我与小小说的几次亲密接触都是在生意盎然的春天，这是否寓意着小小说正迎来她生机勃勃青春向上的春天呢？

开始接触小小说的时候，我还是个愣头青年。当时我每天都能写一篇小小说，尽管发表的寥寥无几，热情却始终不减。现在约稿信很多，却发愁拿不出像样的东西交差。不是自己对自己要求高，就这样的阵势你能不加鞭催马往前赶吗？不是没有产生过动摇，不是没有萌发过放弃，每次"移情别恋"的念头都被那些关注我的目光和一期期精美的小小说杂志击得粉碎，逃得无影无踪。

我当初所写文字几乎都是讽刺挖苦针砭时弊之类的文字，我常常为此得意——因为我有了一个可以发泄不满的手段。直到有一天，我上初中的女儿看了我的一些文字，奇怪地问我：社会这么复杂啊，人都这么阴暗吗？我干吗要长大？她对未来将要走入的社会产生了恐惧。

多年前，一个雪天，我回县城看望年迈的父母。在一个街口，有个六七岁的孩子拦住了我。他天真地请求我帮他把院子前的雪扫一扫，院子里的雪埋住了他家半个窗户。虽然我带着大包小包，看着孩子渴望的眼神，我还是欣然地卸下行李，接过孩子手中的扫把。当我把窗前的积雪挪开，才发现屋里窗前坐着一位老人。孩子告诉我，他奶奶又聋又哑还瘫痪了。奶奶就爱坐在窗前看院子里的风景。这件事感动了我很长一段时间，直到把它写成了一篇文学作品，这篇作品感动了许多读者。

我在反思，我们的作品究竟应该传达给读者些什么？现实生活固然有许多不如意不尽心的事情，社会上也难免有令人厌恶的丑恶现象，但那绝不是生活的主流，也不应该成为文学创作题材的集散地。我们的生活需要阳光，我们的创作需要阳光，我们的作品需要阳光。

我近些年有意识地尝试着写了一些被称为主旋律的小小说。这样的作品不好写，不能承载太多的政治行为，还容易走入概念化，出力不讨好。但是我无怨无悔，还乐此不疲。我觉得自己的小小说她应该给人带来欢乐，带来鼓舞，带来希望，唤起人们对美好生活的信心、向往和追求。好在我的努力终有所获，受到读者的喜爱和专家的认可。2004 年，我获得第二届中国小小说金麻雀奖。评委会的评语是：刘建超小小说题材涉猎广泛，社会各个层面的人物、事件均在他的关注范围，注重塑造一系列风格硬朗、有阳刚之气的男子汉形象，讴歌人间浩然正气和道义尊严，爱憎鲜明，特别是笔下老一代革命家和当代军人高洁形象的塑造，往往有感人肺腑的故事情节和生活细节，其精神深度和力度给读者留下了鲜明的印象。对市井小人物的成功刻画，也是刘建超小小说的另一大特点，他熟悉底层百姓的生活方式和语言方式，往往能够比较敏锐地捕捉到闪光的话语和情态，用扑面而来的生活气息感染和吸引读者。人性的美与丑、善与恶在特定环境的描写中，被作者展示得昭然若揭、淋漓尽致。著名评论家丁临一先生在评论中说：刘建超的作品大多正气迫人，富于理想主义色彩。他的《海边，有一位老人》《被子》《将军树》《老兵》《老街汉子》等善于极简洁地勾画出作品主人公的伟岸形象，三两个细节就让人物栩栩如生地站立在你面前，使人难以忘怀。从外在形态上看，刘建超的作品立意与人物内涵也许最接近于所谓主流意识形态，但细细琢磨起来，你会体察到，内在地支撑着他的创作理念的，是对崇高信念与理想人格的推崇和呼唤。换言之，他是站在平民的立场上，痛切地针对当代社会的某些精神缺失有感而发的。他笔下的伟人、将军或平民英雄决非虚无缥缈、高不可攀，其人其事都是在我们的生活中曾经发生过或者可能发生过的。他力图强调的主旨是，今天乃至将来，虽然社会转型了，价值观念多元化了，但我们永远不能丢弃对于正义、正气、理想主义的坚持与追求。可以说，刘建超的这类作品代表了中国当代小小说创作的主要方向之一，无论从朴素的大众审美需求角度还是从理性的文学价值观角度看，这类作品的意义与作用都是不可低估的。

2005 年中国小说学会小说排行榜公布了，小小说、微型小说第一次走入中国小说排行榜，十五篇上榜作品中有我的小小说《朋友，你在哪里》。心，像被春雨滋润了的麦苗一般清怡抖擞。打开电脑，觉得该写点什么，该写点什么哪？一时间，脑子空空荡荡抑或满满当当，不知道该往文档上码点什么文字。徘徊在书柜前，看着整齐排列着的读者朋友的来信，眼前又清晰地浮现出那些珍藏在我心底的邮票。

2000 年，一封普普通通的信，挟着春的气息飞落在我的案头。那是一封来自新疆乌鲁木齐的信，新疆是我向往的充满神秘色彩的地方，那里有令人垂涎欲滴的哈密瓜、葡萄干。信是一位在粮食系统工作的读者朋友写的，他在信中说，我是一个小小说爱好者，非常喜欢你的小小说。看到了你出版了小小说集《永远的朋友》的消息，我很高兴。我是一名下岗工人，10 几元钱对我来说也是生活中一笔不小的开支。我也是一个集邮爱好者，我想用自己积攒的邮票，换你一本小小说集《永远的朋友》。我知道，这让你很为难，如果不方便，还请你把邮票寄还给我。衷心祝愿你创作丰收。我这才发现，信封里还有一个封好的小纸袋，纸袋里放着二十五枚面值不同的邮票，面值相加正好是我的那部小说集的定价：16 元整。我被感动了，那二十五枚邮票没有一张图案是相同的，可见这位朋友的精细和用心。当然，我寄去了我的小说集，也寄回了他那二十五枚邮票。

我在许多不同的场合讲过邮票换书的故事，不是炫耀，不是虚荣，而是感到一份沉甸甸的责任。这些年我又相继出版了《遭遇男子汉》《老街汉子》《怀念一直被嘲笑的鸟》《没有年代的故事》等多部文集，两次获得冰心儿童图书奖。我又翻出远在新疆的这位素昧平生从未谋面的朋友来信，反复叩问自己，还会有人用邮票来换你的书吗？你的这些文字值得喜欢你的读者用自己心爱的邮票去兑换吗？我觉得自己心里还是踏实的。

写小小说，题材无疑是第一位的，谁拥有大量的题材，谁就有了丰厚的写作资本。我自己觉得题材可以分为两类：一类是自己的题材，一类是公众的题材。自己的题材就是只有你自己亲身经历感悟才掌握才体验到的，放个三年五载也不会被别人占有的生活积累。这些素材只有自己最了解最熟悉，也就可以从从容容地去写去创作，也就能够写出深厚的东西。拥有自己的题材是最要静下心来写出好作品的，否则匆忙出击，东西写出来了，也有地方发表了，却是浪费掉了。我看了许多这样的作品，觉得十分可惜。有丰厚个人题材的朋友，不妨把它沉淀个三五年，当你确实感觉找到了该喷发的焦点，它已让你寝食不安不吐不快时，写出的作品一定是有分量的东西。公众的题材就是大家都有，都可以写的素材，比如腐败贪官啊，婚外恋啊，网上故事，情感纠缠啊等等，这类题材就要看谁下手快，谁抢了先机，先发表了其他的人就只能干瞪眼。可能大家都有过这样的经历，当你精心准备写一篇东西时，忽然发现类似的东西已在报纸上露面了，很令人沮丧。我想，恐怕这也是造成许多青年朋友急于大量炮制作品的原因之一。我个人的经验是：公众的题材该出手时就出手，先混个脸熟；自己的题材要沉淀过滤升华，去拿奖创牌子，给自己壮脸。掌握好个人题材和公共题材的处理搭配就可以较好地掌握质与量的辩证关系，才能保证你的创作质量保持在相对较高的一个水平面上。

二十多年的小小说创作，让我越来越深地体会到，小小说的创作要随意不要刻意。

小小说写作看似简单，其实操作起来却十分艰难，其技术含量和智慧含量的要求非常精高。你可以用一年的时间写出上百篇小小说，却不一定有一篇是优秀的小小说，你可以报自己发表的一大串用稿目录，却没有一篇是读者认可的小小说。那么你的所谓写作只是为报纸填补了版面，为编辑完成了编采任务，为自己补充了点家用，与文学毫不相干。

为什么每年全国报刊发表上万篇小小说作品，优秀的作品却寥寥无几？原因当然很多，从小小说创作的角度来说，是不是我们在小小说的创作中太刻意了？

刻意的创作是用尽心思，挖空心机强迫自己制造出来的。这样的作品往往呆板，做作，不鲜活，缺少生命力，吸引人的眼球也只是昙花一现。

许多的小小说作品在刻意地编织结尾，把欧·亨利式的经典简化为结尾有意思，让整篇作品生拉硬扯地去为结尾服务，读后如同吃了夹生饭。

过多的小小说作品在刻意地制造深刻，非要把千把字的小说添加进去万把斤的沉重，好像只要读了他的小说，社会就进步了，腐败就消失了，共产主义就实现了。背上包袱的短跑，观众都会感到劳累。

不少的作者把小小说写作视为文字游戏，刻意地追求所谓的语言环境，把小说语言装饰得花里胡哨，自鸣得意，实在令人作呕。

刻意为之的作品，可以写得精细、精致，但成不了经典。

我个人以为，经典的小小说是在随意中才能诞生。酒场上有一句话，领导随意我喝完。虽然有巴结的嫌疑，却说明了一个道理：随意是个让人很舒服的状态。

小小说写作的随意，不仅仅是创作舒服的状态，小小说创作的随意是一种境界。

有句话说，一个人境界的高低，可以衡量出其作品质量的高低。随意是一种洒脱，是凭借自己的遐想信手拈来的灵丹妙药，在自由的王国里没有羁绊没有拘束的裸体散步。"乘骐骥以驰骋兮，来吾导夫先路。"随意是驾驭文字的天马行空，无论是小桥流水，老树昏鸦，还是大江东去，千古风流，都是顺其自然，超凡脱俗。

我在努力地让自己进入随意的写作状态。

创作年表

（主要作品）

1972 年—2000 年

1972 年，十二岁写完第一部近万字的童话《小笨头历险记》，自己插图装订成册。

1983 年 11 月，在《青岛日报》发表第一篇小小说《解放军同志》。

1989 年 3 月，小小说《得力措施》获《金融时报》征文三等奖；5月，获《西线影视报》影视平论三等奖。

1990 年 8 月，影评《壮烈何须都相扑》获《洛阳日报》征文一等奖；10 月，小小说《质问》获《洛阳日报》"雅洛杯"小小说征文三等奖。

1991 年，小小说《失了潇洒》获《洛阳日报》"新星"杯小小说征文二等奖；《请耐心听完》发表于《洛阳日报》，并入选《一拖杯·全国小小说大奖赛佳作精选》；12 月《失算》获《金融时报》"太阳石"杯小小说征文二等奖。

1992 年 7 月，《永远的朋友》获《洛阳日报》"洛散"杯征文一等奖。

1993 年，《泉水叮咚》获《洛阳日报》"新艺"杯征文二等奖。

1995 年 5 月，加入中国微型小说学会；9 月，《不对劲》获《洛阳日报》小小说征文二等奖。

1996 年 2 月，加入河南省作家协会。

1997 年 4 月，在《将军》发表于《洛阳日报》，被多方转载，获得 1998 年度全国小小说优秀作品奖；6 月，小小说《富娃》获《百花园》"杜康"杯全国小小说征文二等奖。

1998 年 7 月，《洛阳日报》发表"刘建超小小说专辑"，发表《母亲》《陷》《炖》等五篇作品，并发表评论文章《窥一斑而知全豹》。

1999 年，第一部小小说作品集《永远的朋友》由中国文联出版公司出版；3 月，《洛阳日报》再次发表个人专辑《名医》《跑事》《医》等四题；7 月，《洛阳日报》发表邢可先生的评论文章《平静中蕴蓄着激越情怀——读刘建超的小小说》；11 月，《洛阳日报》发表小小说《中锋》。并获得 2000 年度全国小小说优秀作品奖。

2000 年，《小小说选刊》以增刊的形式出版了《小小说五星连环》；9 月，参加郑州当代小小说繁荣与发展研讨会；出席河南省第三届青年文艺创作代表大会。

2001 年

《闵君》获《百花园》"人生短笛"小小说征文优秀作品奖；

《马路同志先进事迹报告会》获得中国报业协会城市党报副刊好作品评比二等奖；

2002 年

4 月，在北京参加中国作协创研部、文艺报社联合举办"小小说庆典暨理论研讨会"被授予"小小说星座"奖；9 月，参加石家庄黄河小小说笔会；《牡丹》文学杂志社主持"小小说超市"专栏；

《遭遇男子汉》获《百花园》2002 年度读者推荐优秀小小说奖。

2003 年

《被子》获《百花园》2003 年度读者推荐优秀小小说奖；《将军》《富娃》等十篇作品获首届小小说金麻雀奖提名奖；《我的第一位女朋友》《惊梦》在韩国《世界文学笔会》66 期发表；10 月，加入中国作家协会。

2004 年

《成熟》《没有年代的故事》《富娃》《将军》入选《首届中国小小说

金麻雀奖获奖作品集》；《老街汉子》《幸福的猪尾巴》入选《2004 年中国年度小小说》。

2005 年

第二部小小说集《遭遇男子汉》出版于北方文艺出版社；《朋友你在哪里》荣登 2005 年度中国小说排行榜；9 月，入选《小小说作家辞典》。

2006 年

第三部小小说集《老街汉子》出版于河南文艺出版社；《滑一刀》《俊嫂》《将军印》《艺术家》入选《2006 中国微型小说年选》；6 月，《将军印》在第四届全国微型小说年度评选获二等奖。

2007 年

6 月，《钝刀》获《百花园》首届全国小小说作家巡回展一等奖；《山村人物三题》入选《2007 中国年度小小说》；《山村人物三题》获 2007 年度《百花园》《小小说选刊》小小说原创作品大奖；《朋友你在哪里》编入广东省 2007 届高三测试语文考题。

2008 年

第四部小小说集《怀念一只被嘲笑的鸟》出版于东方出版社，同年获得冰心儿童图书奖；《老街三题》获《百花园》《小小说选刊》2008 年度小小说原创优秀作品奖；另有 30 多篇作品分别入选中学生一世珍藏丛书和年度珍藏系列丛书。

2009 年

第五部小小说集《没有年代的故事》出版于江西高校出版社，并获得本年度冰心儿童图书奖；5 月，被《小小说选刊》《百花园》郑州小小说学会小小说作家网评为"新世纪风云人物榜——金牌作家"。